ей некогда любить себя/
/ему некогда любить других

ОКсана
Робски

ПРО
ЛЮБOff/ON

Москва
·РОСМЭН·
2005

УДК 821.161.1-311.1
ББК 84(2Рос=Рус)6-44
  Р58

Серийное оформление,
иллюстрации и дизайн обложки:
Ксения Зон-Зам
Наталья Торопицына

Фотография на обложке
предоставлена журналом «SIM»
(Издательский дом «С-инфо»)
Фотограф Елена Лапина

Наш адрес в Интернете:
www.rosman.ru

ISBN 5-353-02261-0
© ЗАО «РОСМЭН-ПРЕСС», 2005

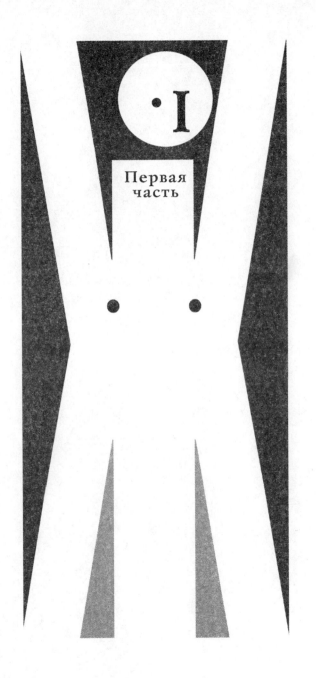

·I

Первая
часть

*Наша любовь прошла через
эти трагические испытания...
и не важно, что всякий раз,
когда мы встречались...
она закрывала глаза,
чтобы не видеть меня,
и плевалась с расстановкой,
как заправский снайпер.*

Фернандо Аррабаль.
Необычайный крестовый поход
влюбленного кастрата

Снег

валил

крупными

хлопьями

и

мокро

попадал

за

шиворот,

У нее этих

VERTU...

UNISEX

Гораздо проще было
вообразить манекен
в моем пальто

Интересно, как выглядит человек, который может купить себе телефон Vertu за шесть тысяч долларов? И может ли этим человеком быть женщина?

А если это и правда женщина, то чем она занимается? Гоняет с утра до вечера на красной спортивной машине, прерываясь только на маникюр? Нет, конечно, не только. Еще на педикюр.

Мужа ее я представить не могла. Воображение рисовало странный гибрид президента и молодого человека в трусах с рекламы GAP.

К нему было бы страшно подойти и страшно заговорить. Он бы наверняка отлично выговаривал все звуки. В перерывах между затяжками толстой кубинской сигарой.

Еще я представила их детей. Двух девочек четырех и шести лет в одинаковых черных платьицах. Одна из них крошечной ручкой с отличным маникюром тянется к розовому телефону Vertu, лежащему на журнальном столике из слоновой (почему слоновой?) кости, но тут раздается резкий окрик матери: «Не сметь! Убери руки от моего Vertu!»

Нет.

Я вздохнула.

Вряд ли она будет кричать на свою крошку из-за какого-то телефона. У нее этих Vertu...

Я разглядывала телефоны на крутящейся стойке, как пирожные за стеклом кондитерского магазина.

Это сравнение заставило меня отойти от витрины и посмотреть в другую сторону. Теперь я уставилась на манекен в длинной лохматой шубе.

Манекен был унисекс, поэтому я никак не могла решить, стоит ли представлять себя в этом одеянии.

Гораздо проще было вообразить манекен в моем пальто.

Это я сделала зря. Еще минуту назад оно казалось мне намного более стильным.

«Потому что манекен без явно выраженной половой принадлежности», — успокоила я себя.

Снег валил крупными хлопьями и мокро попадал за шиворот.

Подъехал мой троллейбус.

Я, как всегда, дула на замерзшее стекло и чертила первую попавшуюся букву.

Сегодня это «К».

И, как всегда, начала придумывать слова на букву «К», отвечающие моему сегодняшнему настроению.

«Калигула».

При чем тут Калигула?

«Каникулы».

До лета еще далеко. Но зато это будет первое лето без учебы, без аспирантуры.

Свобода!

«Купить».

Что купить? Да, надо зайти в магазин и купить молоко и пельмени. И сыр.

«Кино».

А если сходить в кино? Отличная идея! Как раз то, что хочется именно сегодня. Вечером пойду в кино. Посмотрю «Мистер и миссис Смит». Или «Мадагаскар». Обожаю мультики.

Я улыбнулась.

Машины за окном проносятся мимо.

На обочинах снег смешался с грязью и выглядит как объедки на белых тарелках в нашем институтском кафе.

Но я все равно люблю Москву.

Моя ученица — начинающая телеведущая. Я учу ее правильно дышать. Чтобы звуки получались четкими и красивыми, надо правильно дышать. А она дышит как актрисы в немом кино во время ссоры с любимым — вздымая грудь.

— Произнесите на выдохе «пф», — прошу я. — «Пф», «пф»... Берите совсем немного воздуха...

Она старается. Лицо сосредоточено, как у роженицы.

— Получается? — спрашивает она своим высоким голосом, от которого мы изо всех сил пытаемся избавиться.

— Не пищите, — прошу я не очень вежливо.

Она улыбается.

— Получается? — повторяет она низким голосом в стиле Марлен Дитрих.

— От топота копыт пыль по полю летит. — Я отбиваю такт указкой.

Она, конечно, научится. Все учатся. У всех получается. Но понадобится месяца два. А у нее эфир через десять дней. Придется каждый день заниматься.

— Я завтра не смогу... — Она виновато улыбается.

— Не пищите, — перебиваю я.

Когда мне было пятнадцать, я думала, что в двадцать пять лет я буду совсем другая. Взрослая, серьезная. С мужем и детьми. И с длинными волосами. Из всего этого сбылось только одно — я взрослая. Раз мне исполнилось двадцать пять.

Ни одного человека, похожего на моего мужа, я не встретила. Дети меня привлекают, но пока только чужие. Волосы стригу коротко, так же как и ногти. И собираюсь сделать пирсинг.

Как обычно, я купила самый дешевый билет, но села на самые дорогие места.

«Мистер и миссис Смит». Довольно смешно вначале. Я только Брэда Питта не люблю. Сексуальность без страсти. А Сережа говорил, что я похожа на Анжелину Джоли.

Врал, наверное. Хотя сам он — вылитый Брэд Питт. С той же проблемой.

Я не скучаю по Сереже. Я люблю расставаться. Как будто еще одну жизнь начинаешь.

И прожить ее надо так...

На улице темно. За мной увязалась собака. Она дрожала от холода, но улыбалась. Я первый раз в жизни видела улыбающуюся собаку. Она была похожа на черную бурку, которую бросили на грязный асфальт.

Дома я нашла старую зубную щетку и стала чистить ей зубы. Она глотала зубную пасту, не переставая улыбаться.

Только когда Рита открыла входную дверь, собака выскочила у меня из рук и зарычала.

— Что это? — поинтересовалась моя подруга, не шевелясь.

В следующую секунду собака оказалась висящей на Ритином плече. Прыжок был очень кинематографичным. За плечо она держалась зубами.

Трудно сказать, кто из нас визжал громче — я или Рита.

Хорошо, что моя подруга не плакса.

Мы повязали собаке на шею салатовый гофрированный шарфик и повезли ее в лечебницу.

Рита дала мне слово, что если собака окажется не бешеной, то она попробует ее полюбить. Собака полюбила Риту сразу после того, как разомкнула пасть. Минуты через две наших криков и уговоров. Она виляла хвостом, опять улыбалась и преданно заглядывала Рите в глаза.

Когда выяснилось, что можно обойтись без уколов от бешенства, мы решили дать собаке кличку. Она была девочкой. Мы назвали ее Терминатор. Длинно, но выразительно.

Холодильник оказался пуст. Терминатор ограничилась банкой зеленого горошка и упаковкой сушек.

Она всю ночь страшно выла в коридоре. Низко и переливчато.

Хотелось выкинуть ее на улицу.

Рита проснулась утром с головной болью, а я — с синяками под глазами.

Терминатор сладко спала на моем пальто, которое она стянула с вешалки. Телефонный провод был перегрызен. Она улыбалась даже во сне. Но теперь эта улыбка казалась мне издевательской.

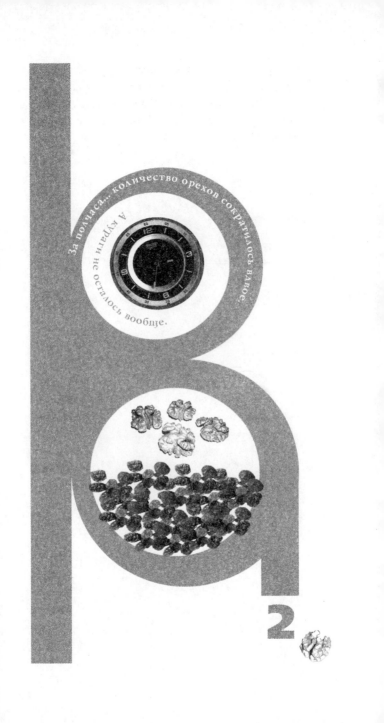

За полчаса... количество орехов сократилось вдвое. А кураги не осталось вообще.

2

Единственное, чего я хотела на работе, — это спать.

Хорошо, что Любовь Макаровна заболела. Хорошо, что учеников нет.

Как там Терминатор? Мы закрыли ее на кухне, решив, что именно там она причинит минимальный ущерб. Надо было закрыть в ванной.

Позвонила Любовь Макаровна.

Мне придется взять ее ученика. Срочная работа. Она говорила про него понизив голос и делая многозначительные паузы. Он куда-то там баллотируется. Его срочно надо научить говорить.

Я вздохнула. Посмотрела на себя в зеркало. Выпила кофе. Разложила на столе карточки с буквами и слогами. Прошлась по аудитории с указкой и умным видом.

Может, какой-нибудь будущий президент? У Любови Макаровны серьезные ученики. Правда, непонятно, почему они учатся говорить только после того, как уже овладели умением держать нож с вилкой, стильно одеваться и зарабатывать огромные деньги?

Раз в неделю я работаю в детском доме. Дети — самые благодарные ученики. Особенно эти. Когда я ухожу, они обнимают меня и целуют. И смотрят в окно мне вслед. Я научила их чертить на стекле буквы и придумывать слова.

Сначала все они старательно выводили только одну букву — «М».

У моего ученика оказалось очень странное лицо. Если бы кому-то пришло в голову нарисовать глаза и рот на лопате, то это был бы его портрет. Нос размазан по всей поверхности.

Выяснилось, что это не он. Его водитель.

Мило: за мной прислали машину.

Почему-то я испугалась, что на глаза наденут повязку. Я это в каком-то кино видела.

Обошлось.

В лифте размером с актовый зал мы поднялись на последний этаж.

Дверь открыла низенькая калмычка в спортивном костюме. Она произносила «в» как «ф», хотя, конечно, никто, кроме меня, этого не замечал.

В гостиной одна стена оказалась полностью стеклянной. Но холодно не было. И из щелей не дуло.

Я села на мягкий кожаный диван и поняла — раньше я и представления не имела, что такое диван. И что такое «мягкий».

На столике у дивана стояла низкая пузатая вазочка с орехами, изюмом и курагой.

За полчаса, которые я провела в одиночестве, количество орехов сократилось вдвое. А кураги не осталось вообще.

Я бы съела и изюм, но мне казалось, что если что-то одно оставить, то все подумают, будто я пробую по чуть-чуть от безделья то, что мне нравится, а не ем все подряд с голодухи.

Через сорок минут мне предложили чаю. Я отказалась, уж не знаю почему.

Его звали Влад. Наверное, от Владислав.

Было какое-то обескураживающее очарование в его манере произносить звуки.

Совершенно неправильно.

Он был настолько красив, что мне было как-то неудобно смотреть ему в глаза.

Он извинился за опоздание так, словно кто-то мог бы его не извинить.

Я боролась со смущением минут пять.

Он благородно делал вид, что этого не замечает.

Надеюсь, мне показалось, что он заметил полупустую вазочку.

Он был одет в широкие джинсы и рубашку навыпуск. Очень стильно. Но одежда не была его главным козырем. Глаза. Темные, с длиннющими ресницами, они смотрели на меня так, словно никого другого на свете не существовало.

И голос. Очаровательная хрипотца, которая бывает у мальчишек в период полового созревания. Этот период прошел у Влада лет двадцать назад. Но голос!

Я аккуратно расставила на столе карточки, склеенные домиком, чтобы с них удобней было читать звуки.

Взяла указку.

Я показалась себе маленькой девочкой, играющей в школу.

— Даша, — попросил Влад своим потрясающим голосом, — вы мне сначала расскажите, что мы будем делать.

Он стоял напротив меня, облокотившись на комод, и улыбался.

— Мы будем учиться правильно говорить, — пояснила я как можно строже. — Да, какие у нас сроки?

В этот момент я пожалела, что не ношу очки. Был как раз подходящий случай, чтобы опустить их на переносицу.

— Сроки? Вообще месяц. Но я бы предпочел две недели.

— Тогда это должен быть интенсив.

По-моему, я держалась отлично.

— Согласен. Любовь... — Влад сделал вид, что задумался, но это была видимая неправда — забыл отчество...

— Макаровна, — подсказала я.

— ...обещала мне ваше время с утра до вечера. Может такое быть?

Я снова растерялась. Но быстро представила себя Любовью Макаровной и ответила так, как ответила бы она:

— Ну раз надо...

И даже тяжело вздохнула.

Он послушно произносил звуки, парные и непарные. Я учила его правильной мимике, и он даже не всегда отвечал на телефонные звонки.

Он мило попрощался со мной через два с половиной часа.

Сон улетучился из моей головы, как джинн из Аладдиновой лампы.

Мысленно я еще долго произносила звуки и скороговорки. И думала о том, чему завтра уделить больше времени.

Я должна быть у него в десять.

Интересно, удобно ли попросить водителя остановиться около супермаркета?

Интересно, Влад любит собак?

Интересно, вообще кто-нибудь может любить Терминатора?

Картины разгромленной кухни проплывали перед глазами одна ярче другой.

Водитель подъехал прямо к входу в магазин, не замечая прохожих, которым из-за этого пришлось прижаться к стене.

Выходя из машины, я сама открыла дверцу, опередив водителя на долю секунды. Непростительная оплошность.

Я купила кефир, творог, сухой корм.

Интересно, Влад ходит в магазин? С женой? А он вообще женат?

Сейчас он бы мог занять очередь в кассу.

Он, наверное, ест на завтрак йогурты.

А может быть, черную икру?

А может быть, он кладет икру в йогурт?

Одной моей подруге, когда она была маленькой, мама всюду добавляла красную икру. Потому что она полезна. Даже в суп. Моя подруга ненавидит икру по сей день.

— На кухню лучше не ходи! — сказала Рита, не отрываясь от компьютера.

— Терминатор там?

Терминатор была там. Она лаяла и скулила. Рита привязала ее к батарее. Собака съела у стола ножки, и теперь он валялся в углу кучей обгрызенных деревяшек.

Я села на пол рядом с Терминатором. Она радостно лизнула меня в лицо. Зубы ей явно никто не почистил.

— За мной Олег заезжает, мы едем ужинать! — объявила Рита, появившись в дверном проеме.

— Это какой? — поинтересовалась я.

— Вчерашний, — лаконично пояснила моя подруга.

— Терминатора не хочешь с собой взять? — предложила я на всякий случай.

— Нет, он мне пока нравится. У него такие сексуальные глаза! — Рита мечтательно закатила свои.

Я рухнула в кровать, даже не дождавшись, когда прекратится громкое чавканье на кухне. Когда Терминатор ела, она почему-то рычала.

Калмычка открыла дверь в розовом спортивном костюме. Теперь она всегда будет у меня ассоциироваться именно с этой одеждой.

Кто-то меня учил: на второе свидание нужно приходить в той же одежде, что и на первое. Для закрепления образа. На мой взгляд, в этом есть смысл.

Влад уже готов был выезжать.

Одет в костюм — синий в черную полоску. Как у Джигарханяна в фильме «Здравствуйте, я ваша тетя».

— Доброе утро, — сказал он.

И я в который раз удивилась, что на свете бывают такие голоса.

— Доброе утро, — продекламировала я. — Язык должен быть более упругим. Звук «д» образуется под напором воздуха. Доброе утро!

— Доброе утро. — Он улыбнулся.

— Хорошо. Добыл бобов бобыль.

— Добыл чего?

Около лифта стояли охранники. Я никогда раньше не видела охранников. Но почему-то сразу поняла — это они.

— Бобов бобыль.

Главное, чтобы он не спросил меня, кто такой бобыль.

В лифт мы сели одни.

Охранники встретили нас на первом этаже. Я с подозрением вглядывалась в их лица. Если они бежали по черной лестнице, то я увижу следы физических усилий. Однако они были холодны и бесстрастны. На плече у каждого висел автомат.

В машине пахло ювелирным магазином. Водитель сидел в одном пиджаке, без куртки. Снег и замерзшие люди за окном казались бутафорскими.

Влад разговаривал по телефону. Про то, что бюджет предвыборной кампании уже утвержден и ничего пересматривать он не собирается. Он не кричал и не раздражался, как киношные бизнесмены. Он говорил так, словно обсуждал с товарищем вчерашний футбольный матч: ему, конечно, не все понравилось, но таков уж спорт.

Мы въехали в железные ворота без всякой вывески. Мы — это наша машина и полный джип охранников.

Трехэтажный дом, наверное, был памятником архитектуры. Секретарша оказалась интенсивной блондинкой. Рядом с такими меня всегда тянет рассуждать о биржевых котировках или о возможности вступления чего-нибудь там в страны ЕС.

— Живы? — спросил Влад у секретарши, не останавливаясь и не здороваясь.

— Живы, — ответила она как-то разочарованно.

Кабинет Влада был огромным и очень красивым. В таком кабинете хочется работать. А также отдыхать, есть, пить, смотреть телевизор, спать и постепенно забыть, что существуют еще другие пространства.

Письменный стол от входа отделял круглый, как глобус, аквариум. Такого размера, словно кто-то попробовал сделать модель земного шара. Влад прижал лицо к стеклу, и оно расплылось, как в комнате смеха.

— Живы, — констатировал он. И пояснил, заметив мое удивление: — Видите, это — акула.

Большая белая рыба с телом, похожим на дорогую дизайнерскую открывашку для бутылок, бороздила воды аквариума, не останавливаясь ни на минуту. От одной стенки к другой. Прямо под ней грациозной стайкой плыли разноцветные, яркие рыбки необычной формы. Они были такими маленькими и легкими, что казалось, будто они не плывут, а кто-то невидимый дует на них, и из-за этого они чуть-чуть перемещаются.

— Рано или поздно акула должна их съесть, — сказал Влад. И с сожалением развел руками.

— Грустная история, — согласилась я.

Он обещал мне, что, пока я съезжу домой, он будет добросовестно присоединять к звуку «п» все гласные по очереди.

Я ему верила. Наверняка в школе Влад был отличником.

— По-ка, — сказал он, делая акцент на слог «по».

— По-жалуйста, не ленитесь.

— Я по-могу вам надеть пальто.

— Пе-реходите на другие гласные.

Секретарша неодобрительно посмотрела на мое довольное лицо. И неожиданно улыбнулась.

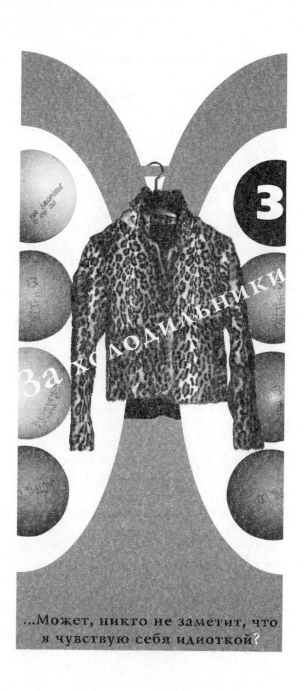

...Может, никто не заметит, что
я чувствую себя идиоткой?

Терминатор раскачивалась на занавеске где-то под потолком. Жалко, что у нас не жалюзи. Пластмассовая пластина могла бы больно впиться ей в щеку. Рита сидела за компьютером. На столе стояла пустая банка из-под зеленого горошка. Я принесла две порции «крошки-картошки». Моя любимая еда. С солеными огурцами, салатом из редиски и селедкой. Только я прошу масло не класть. Холестерин.

— Ну как? — поинтересовалась Рита вместо благодарности за обед.

— Ничего.

— Он тебе нравится? — Она с подозрением заглянула мне прямо в глаза.

Я пожала плечами.

— А я влюбилась! — сообщила Рита пафосно.

— В кого? — спросила я просто из вежливости.

Такие заявления я слышала от подруги несколько раз в месяц.

— В КБУ, — пояснила она.

КБУ — это аббревиатура, придуманная ею еще несколько лет назад. Коротенький — богатенький — умник.

— Да?

В моем голосе Рита явно услышала разочарование.

— Ну да. Не знаю, чем он меня зацепил? Ростом — мне по шею.

— Ужас.

— Но симпатичный. И та-ак целуется!

Все это время Рита не отрывалась от клавиатуры.

— А чем занимается?

— Финансами какими-то. У него BMW. И он все время ходит в галстуке. Представляешь? Маленький такой, со стрижечкой и все время в галстуке. И хохочет.

— Над чем?

— Надо мной в основном.

— Так вот что тебя зацепило?

Рита повернулась ко мне с мечтательной улыбкой.

— Ты знаешь, что он мне сейчас написал?

— Что?

Наверняка мои глаза загорелись. Ответ на такой вопрос всегда интересней, чем самая захватывающая книга.

— Что я — королева метаболизма!

— Королева метаболизма?

Разве «метаболизм» — синоним «красоты»?

— Ну да. Я же ем много, а вообще не поправляюсь. Я ему предложила пойти поужинать сегодня.

Карниз рухнул вместе с Терминатором. Комната стала как будто больше и светлей.

— Нельзя! — закричала Рита и кинулась к собаке.

Терминатор получила удар по морде и наконец-то разжала челюсти. Словно сама обрадовавшись этому, она кинулась ко мне, виляя хвостом.

— Хочешь с нами пойти? — спросила Рита. — Я попрошу, чтобы он друзей взял.

— Не могу. — Я пыталась забрать у Терминатора из пасти фольгу с остатками «крошки-картошки». — Я весь день буду с Владом. До вечера.

— А тебе заплатят за такой график? — Рита снова повернулась к компьютеру.

— Да. Любовь Макаровна сказала, что я получу сто долларов за каждый день.

— Ничего себе! — обрадовалась моя подруга. И даже отвлеклась от очередного послания. — Что купишь?

— Не знаю. А сколько лошадь стоит?

— Лошадь? — Рита задумалась. — Вечером в Интернете посмотрю.

Терминатор лизала мне лицо и улыбалась.

— Тема, — сказала я. — Давай уменьшительно-ласкательно называть ее Темой.

— Давай. Но мне пока уменьшительно-ласкательно называть ее не хочется.

— А твой КБУ не достанет до потолка? Чтобы карниз повесить?

— Да я Олега попрошу.

Я кивнула, сделав вид, что поняла, кто такой Олег.

Я раздумывала, не надеть ли мне другую рубашку. Нет, не стоит. Решит еще, что я специально для него переоделась.

Мне принесли чай и шоколадных трюфелей на блестящем серебристом подносе.

— Владимир Викторович будет занят еще минут тридцать. Он на радио, — пояснила блондинка-секретарша, хрестоматийное сочетание цвета и размера «девяносто-шестьдесят-девяносто».

Оказывается, Влад — это Вовка. Вовчик. А никакой не Владислав.

Я сидела в небольшой переговорной. Почти все ее пространство занимал стол. На нем стояло десять маленьких бутылочек «Эвиана».

Ровно через час появился Влад.

— Уезжаем, — объявил он по-деловому.

Я подскочила, чуть не подавившись конфетой. Влад улыбнулся:

— У моего приятеля сегодня дочка родилась. Надо поздравить. Будем работать на выезде.

— Ой, а как назвали? — На моем лице было подходящее к случаю умиление. Почти искреннее.

Взгляд Влада стал удивленным.

— Не знаю. Наверное, еще никак. Он вообще-то сына ждал.

Всю дорогу Влад повторял: «От топота копыт пыль по полю летит». Я учила его произносить скороговорки четко даже шепотом. Он старался, но потом начинал думать о чем-то своем и снова говорил громко, иногда глотая окончания.

— Побольше артикуляции, — просила я. — Произносите слоги как будто отдельно.

Мы приехали то ли в офис, то ли в магазин. Из обстановки — опять один письменный стол. За ним сидел колоритный мужчина лет сорока. Его тело было как гора, а голова казалась флажком альпиниста.

Он продавал подарки. Для людей, у которых все есть. Всякие необычные вещи.

В прошлый раз Влад купил у него часы — своему партнеру на день рождения. Партнер был левшой.

У этих часов головка завода была с левой стороны. Влад показал мне их на картинке. Они еще были покрыты чем-то светящимся. Я сделала вывод, что партнер Влада к тому же плохо видит.

Кстати, там были и такие часы, которые показывают время високосного года. Всего двадцать восемь экземпляров.

Влад говорил про них почти шепотом, словно читал скороговорку.

Еще в этом странном магазине продавались вещи, которых нигде нет, но которые всем нужны. В определенное время.

Например, ко дню рождения мэра весь город, сбиваясь с ног, ищет иконы Георгия Победоносца. Нигде их нет. А здесь есть. Заранее припасенные.

Своему приятелю Влад купил набор старинных клюшек для гольфа. В аутентичном чехле.

Я думала, что приятель играет в гольф, и похвалила подарок.

Нет, приятель прыгал с парашюта и занимался дайвингом.

Оказывается, на чехле сохранилась выбитая по коже дарственная надпись — сто лет назад этот набор подарили кому-то с такой же фамилией, как у знакомого Влада. Пожелания включали в себя надежду на благополучие и здоровье. Влад был доволен.

— Я девять месяцев искал что-нибудь в этом духе! — похвастался человек-гора. Его звали Мишаня.

— Угодил, — улыбался Влад, пожимая ему руку. — Угодил!

Я радовалась вместе с Владом. Тому, что в жизни каждый получает то, что ему нужно.

День рождения был в ресторане. Недалеко от Петровского пассажа.

Отец новорожденной — пьяный, старый и лысый, но очень обаятельный — показывал в цифровом фотоаппарате свою дочь. Она была красного цвета, с зажмуренными глазами и редкими слипшимися волосиками.

Все умилялись. И чтобы сделать ему приятное, говорили:

— На пацана похожа!

Или:

— Такая милая! Хорошо, что девочка, а не мальчик!

Мама красной девочки была в роддоме. Мне это казалось обидным. Она там одна, наверное, плохо себя чувствует, а все ее друзья — здесь. Пьют и веселятся.

Время от времени я шептала Владу на ухо что-нибудь вроде:

— Каждый звук должен подразумевать действие. Вы предлагаете и показываете. Предлагаете и показываете. Произнесите еще раз свою фразу, но уже с этим посылом.

Он слушал внимательно, не забывая отвечать своим собеседникам.

Через какое-то время все девушки оказались на одной стороне стола.

Со мной никто не знакомился, но все разговаривали.

Я узнала о том, что ем мясо кабана, откормленного желудями пиренейских дубов.

И пью Cristal Rose 1978 года.

Мне бы хотелось для сравнения попробовать Cristal Rose, например, 2000 года. Но был только 1978-го. Я уточнила у официантов.

Девушку рядом со мной звали Оля. Она делала то, что никогда не удавалось мне самой, — держала спину прямо. И постоянно говорила. Когда ее переставали слушать, она обращалась ко мне.

— Я была в Лондоне, в отеле Blake's, — рассказывала она очень громко, с многозначительными паузами после каждых двух слов. Как будто ставила точку. И от этого все, что она говорила, как будто приобретало второй, скрытый смысл.

— Наш номер был обставлен как китайский опиумный притон! — Она улыбнулась.

— Вы были в Китае? — поинтересовалась я.

— Я была в Лондоне. А Иркин номер был стилизован под древнеегипетскую погребальную лодку!

Мне захотелось посмотреть на Ирку, которая каждый вечер ложилась спать, чувствуя себя многовековой мумией. Интересно, она отдыхала с мужем?

— Девочки, давайте позвоним Кате в роддом! — предложила девушка напротив. Она пила шампанское, мешая его с портвейном. Черная декольтированная блузка делала ее похожей на оперную певицу. На премьере.

Мысль всем понравилась.

— Мы тебя любим! — Девушки хором кричали в трубку. Официанты молча подливали шампанское.

— У меня в этот холодильник ничего не умещается, — жаловалась невероятно полная девушка в обтягивающих джинсах. На шее у нее висел кулон в виде надкусанной шоколадки. — Ужас, не знаю, что делать.

— Может, другой купишь? — спросила Оля.

— Или выкинь половину, — предложила та, что звонила в роддом.

Я решила воспользоваться случаем и поддержать разговор. На тему холодильника мы с Ритой медитируем уже полгода.

— Bosh очень хороший, — сказала я.

Несколько пар накрашенных глаз посмотрели на меня с интересом. Приятно.

— Отлично морозит, красивый дизайн и все очень удобно сделано, — я наслаждалась всеобщим вниманием, — даже отделение для яиц. Не как везде.

— Каких яиц? — тихо спросила Оля.

— Вообще яиц. — Я улыбнулась. — Как в...

Мои слова заглушил громкий хохот.

И звон бокалов.

— За холодильники! — провозгласили все хором.

Я неуверенно подняла свой бокал.

— Но только за холодильники для шуб. А не для яиц, — уточнила девушка в декольте.

И все снова весело засмеялись.

Я тоже. Весело. Может, никто не заметит, что я чувствую себя идиоткой?

В машине я заставила Влада делать упражнение на чистоту произношения звуков «т» и «д». Ударение — на последнем слоге.

— ТАДИТА — ТАДИТЯ, ТАДИТА — ТАДИТЯ, — с трудом выговаривал он заплетающимся языком. — Может, на сегодня хватит?

— Нет. Еще несколько раз. Старайтесь.

Он старался. Ему было нелегко. Его можно было даже пожалеть. Но не я буду это делать.

— ТАДИТА — ТАДИТЯ, — мстительно повторяла я. — И еще раз!

Водитель выключил звук CD-проигрывателя.

«15 лет совместной жизни»

он произнес так,
словно сказал:
«сегодня утром я почистил зубы»

— Поздравляю с Днем таможенника! — Рита распахнула дверь легким движением ноги. Потому что на руках у нее была Терминатор. Она трогательно положила голову Рите на плечо и делала вид, что сладко спит.

Рита считала, что если начинать день с положительных эмоций, то ими же его и закончишь. Поэтому она завела отрывной календарь. Там каждый день какой-нибудь праздник.

Я лежала и честно пыталась обрадоваться. Представить себя таможенником. А Риту — моей женой. Вот она входит и говорит:

— Поздравляю с Днем таможенника!

А я тако-ой счастливый.

Рита села на краешек моей кровати, стараясь не разбудить Терминатора.

— Она всю ночь не спала, — сообщила Рита.

— Да? — не удивилась я.

— Да. Вытащила из ящика все твое белье и рвала его на части.

Какой ужас.

— Все? — уточнила я.

— Почти, — обнадежила меня подруга.

Хотелось вскочить и бежать к шкафу — оценивать урон.

Я не пошевелилась.

— Я вчера на такой тусовке была... Они для шуб холодильники покупают. И спят в древнеегипетских погребальных лодках.

— Почему? — поинтересовалась Рита. И тут же добавила: — То есть если у меня будет шуба, значит, мне еще и холодильник понадобится?

— И погребальная лодка.

— Хлопотно.

— Не то слово. А как твой КБУ?

Рита прижалась носом к мягкой терминаторской спинке. И улыбалась, не разжимая губ. Правильно, иначе бы шерсть в рот попала.

— Ой... — выдохнула она, и этот звук полностью заменил полноценный рассказ об ураганном свидании.

— Куда ходили?

— В кафешке сидели. А потом танцевать ездили. Он танцует божественно!

Я жарила яичницу, а Рита продолжала рассказывать:

— Он купил мне цветок. Правда, я забыла его у него в багажнике.

— Ужас. — Я отвернулась от скворчащей яичницы.

— Да. Не очень.

— Слушай, как вы танцевали? Он же тебя ниже.

Как всегда, запах еды разбудил Терминатора, она спрыгнула на пол и теперь громко тявкала, покусывая меня за пятки.

— Да. Он мне вот посюда, — гордо сказала Рита и показала рукой где-то на уровне виска.

— Танцевать он тоже в галстуке ходил? — поинтересовалась я, бросая Терминатору поджаренный хлеб.

— На галстуке, — поправила Рита, делая ударение на предлог «на». — На костюме, на галстуке. Это так все продвинутые говорят.

— На галстуке? — Я как будто попробовала выражение на вкус. — Прикольно.

Мне надо было звонить Владу. В моем телефоне он так и был записан — «Влад». Я несколько секунд смотрела на эти четыре буквы, составляющие один слог, и почему-то дописала: «Ученик».

Я оценила преимущества машины с водителем. Он остановился около сберкассы, и я за несколько минут оплатила счета, которые лежали у меня уже две недели.

Я еще хотела заехать в ремонт обуви, но подумала, что это уже будет неудобно.

Окна в машине не потели. Я попробовала подышать на них, но воздух из моих легких ударился о стекло и бесследно растворился в салоне.

На светофоре мы остановились около точно такой же машины. Даже цвета такого же. На заднем сиденье сидела девушка в розовой вязаной шапочке. За рулем был водитель. Наверное, она ехала куда-нибудь кататься на лыжах. Или на сноуборде. А перед этим — поесть икру с блинами в ресторане. А до ресторана — покрасить ногти в цвет к шапочке.

Мы встретились с девушкой глазами.

А ведь она то же самое может думать про меня. И даже наверняка думает.

Смешно.

Девушка чуть-чуть улыбнулась мне и отвернулась. Я пожалела, что сидела с таким каменным лицом.

— Живы. — Влад кивнул на аквариум и только после этого поздоровался. — Добрый день, Даша. Ну и мучили вы меня вчера!

Он улыбнулся, и я поняла, что делала все правильно.

Акула, похожая на хромированную открывашку, совершенно не обращала внимания на своих разноцветных жертв. Они сбились в кучку и беззвучно галдели. Интересно, о чем? Наверное, удивлялись акуле. Как ей не скучно одной?

Я взяла лист бумаги и маркером написала: «ДА-ТИДА-ДАТИДЯ!» Положила листок на стол.

Через несколько минут у Влада уже довольно хорошо получалось произносить эти звуки. Он старался с серьезным видом. С таким видом взрослый изображает ребенку лошадку.

— Влад, вы помните? Когда вы говорите, вы предлагаете и показываете. — Я сделала жест рукой, словно приглашала гостей на угощение. — Предлагаете и показываете. ДАТИДА-ДАТИДЯ.

Голос секретарши в селекторе:

— Владимир Викторович, Худруков.

Влад берет трубку, одновременно договаривая:

— ...дадидя? Алло. Да нет, нет, не тебя. А как ты хотел — депутат все-таки будущий, должен же уметь говорить!

Влад подмигнул мне, я улыбнулась. Я наверняка буду за него голосовать. И всех знакомых уговорю. Таких красивых депутатов я только в американском кино видела. И то они были актерами.

— ...значит, отправляйся в регионы. Пулей. Волнения нам сейчас не нужны. Хочешь, заложи что-нибудь. Про железную дорогу давно говорили... Вот и дерзай.

— Теперь займемся окончаниями. НИАМ-НИЯМ. Четко две гласные.

— Ниам-ниям.

Снова телефон. Уже без секретарши.

— Алло. Ну и отлично. Упакуй и отправь домой. И цветы не забудь. Кстати, моя машина там не пришла еще? Да уже больше недели прошло! Нет? Ну ладно.

— Объявлениям. Совещаниям. — Я начинала говорить сразу, как только он вешал трубку.

— Объявлениям, — повторял Влад. — Совещаниям.

Он нажал на кнопку селектора.

— Совещание отмени, у меня встреча, я уеду сейчас.

— Хорошо, Владимир Викторович.

У секретарши был такой радостный голос, словно на этом совещании ее должны были лишить премии.

Иногда телефон звонил, но Влад не отвечал. Иногда приходили пикающие на весь кабинет sms. Влад все их читал, но ответы писал редко. Интересно, это от девушек? Интересно, а я ему нравлюсь? Я сегодня целый час провозилась с феном, укладывая волосы. Заодно помыла и высушила феном Терминатора.

А он вообще женат?

— Учимся не проглатывать звуки. О либерализации. Из-за эвакуации.

— О либерари... черт! О ли-бе-ра-лизации!

У него была встреча в какой-то гостинице. Отеле, как сказал Влад. Где-то на Тверской.

— Я не отпущу вас, Даша, без обеда. — Влад помог мне надеть пальто. Мне было немного неудобно. Подкладка внизу чуть-чуть порвалась, и не хотелось, чтобы Влад это заметил.

— Пока у меня будет встреча, вы поедите в ресторане на втором этаже. Там отличный буфет. А потом давайте домой. А вечером — встречаемся. Я уже без вас — никуда.

Я улыбнулась кокетливо. И тут же сама себя за это отругала.

Хотя, в конце концов, кто меня провоцирует своими улыбочками и словами? «Без вас — никуда». Ничего себе.

— У нас дома сегодня банкет.

— Да? — Я вежливо улыбнулась, отметив про себя слово «нас». Без удовольствия.

— Пятнадцать лет совместной жизни. Будут гости и все такое. Я начну демонстрировать навыки правильной речи. А вы оцените.

«Пятнадцать лет совместной жизни» он произнес так, словно сказал: «Сегодня утром я почистил зубы».

Мужчины не показывают свои эмоции.

Я тоже постаралась быть мужчиной. Потому что это так по-женски: расстраиваться, когда узнаешь, что кто-то женат. Даже если этого кого-то ты видела всего два раза в своей жизни.

Мы сидели рядом на заднем сиденье.

Обедать в ресторане я отказалась. Зачем ему деньги тратить? Да и скучно одной. А потом, там все эти вилки, ножи и бог знает что еще. Какие-нибудь холодильники.

Около гостиницы стоял мужчина в длинной коричневой шубе. И такой же шапке. Мех переливался на солнце, и если бы в эту минуту меня спросили, что такое роскошь, я бы, не задумываясь, показала на него.

Иностранец, наверное.

— До вечера? — Влад кивнул, улыбнулся и неожиданно поцеловал меня в щеку.

Водитель открыл ему дверцу машины. А дверь в гостиницу — мужчина в шубе. Потом он открыл дверь пожилой паре и сразу за ними — девушке с огненно-рыжими волосами.

Мы медленно тронулись.

Он был швейцаром. Я была дурой.

Но Влад все-таки поцеловал меня в щеку.

Дома я запустила стиральную машинку и минуты две постояла перед отрывным календарем, борясь с соблазном посмотреть, какой же праздник будет завтра. День водолаза? Или пожарного?

Смотреть не стала. Зачем забегать вперед? Сегодня надо радоваться сегодняшней радости — Дню таможенника.

Терминатор играла резиновым цыпленком табака. Рита его в зоомагазине купила. Он стоил дороже пяти живых цыплят.

Мы уже давно снимали эту квартиру с Ритой вместе.

А дружим вообще всю жизнь.

Когда я собралась в Москву учиться, она поехала со мной. Не потому, что в Москву стремилась. Просто не хотела оставаться одна. И от родителей мечтала сбежать.

Ее родители очень любят друг друга. Мама даже пить начала, чтобы папе всегда компания была. Так они и сидят вместе дома. С работы их давно выгнали.

А Рита теперь работает помощником арт-директора в безумно модной дизайн-студии «Gempico», в самом центре Москвы. Все знают, что студия закрытая, и все хотят туда попасть.

Рита считает, что ей повезло. А я думаю, что моя подруга — талантливый человек. И если в студии работают профессионалы, то они прекрасно понимают, как повезло им.

Рита посылает родителям деньги. Они их пропивают.

Но Рита, по крайней мере, этого не видит.

Мне надо было что-то надеть на банкет к Владу. Ничего, на мой взгляд, подходящего у меня не было.

Я перебрала вешалки с Ритиными вещами. Они мне будут сильно велики. Хотя у нее тоже ничего нет. А может, я просто не представляю, что это должно быть?

В голове вертелись какие-то журнальные образы, но все они блекли перед роскошным швейцаром в гостинице на Тверской.

Я надела черную юбку и черную водолазку. Нельзя сказать, чтобы я не волновалась.

Я решила быть милой и приветливой. И как можно меньше разговаривать со всеми этими девушками. Надеюсь, никого из вчерашней компании не будет?

В конце концов, я на работе. И буду выполнять ее несмотря ни на что.

Как сделать так, чтобы стать невидимой?

На колготках было полно затяжек, но других у меня не обнаружилось.

Может, надеть Ритины? А вдруг они соберутся у меня на коленках, как растянутые тренировочные штаны?

Лучше взять себя в руки. Я на работе. И мне глубоко безразличны все эти хохочущие девицы, которые спят в древнеегипетских усыпальницах.

Я выдохнула воздух на замерзшее окно. Белое облако осело на стекле влажным пятном. Мой вытянутый палец медленно повторял его контуры.

«С».

Счастье? Нет. Совесть? Нет. Ситуация? Да. Ситуация. «С» — справимся.

Водитель приехал, как всегда, на полминуты раньше назначенного срока.

Мы заехали за Владом в гостиницу. Он вышел в пальто нараспашку, без шапки, улыбающийся и был так не похож на съежившихся от мороза и собственных проблем прохожих. Странно, что, глядя на него, люди не начинали расстегивать шубы и поднимать головы выше.

Калмычка была в черном форменном платье с белым фартуком. В этом наряде она стала лицом без определенной национальной принадлежности.

В квартире было очень много людей. Женщины в основном в платьях. И в туфлях.

Я довольно странно смотрелась в тапочках, которые взяла в прихожей, когда сняла сапоги. Но не надевать же сапоги обратно?

Еда была разложена на подносах, их носили официанты в бабочках. На журнальных столиках стояли вазы с фруктами. Большого стола не было.

Я не обедала. Официант остановился рядом со мной, и я принялась жадно разглядывать миниатюрные корзиночки, наполненные непонятно чем.

И как это брать?

Пауза затянулась.

— Может быть, икры? — предложил официант.

— С блинами? — оживилась я.

Высоченная блондинка с неестественно пухлыми губами остановила на мне ледяной взгляд.

— Милая, блины с икрой — это кич.

Она равнодушно посмотрела на поднос, потом на официанта, и он в ту же секунду растворился среди гостей.

Боковым зрением я заметила, что корзиночки все берут руками. И отправляют в рот целиком.

— Это, наверное, с вами занимается мой муж? — спросила блондинка, глядя на меня так же, как минуту назад на официанта. Понятно, почему он исчез.

— Да. — Я вежливо кивнула. — Меня зовут Даша. Я поздравляю вас с пятнадцатилетием совместной жизни.

Она не успела ничего ответить, потому что другая блондинка с точно такими же пухлыми губами обняла ее за плечи.

— Моя дорогая! — Девушка мимоходом кивнула мне. — Ты выглядишь потрясающе! Что он тебе подарил?

— Чехлы на мою «шестерку». Из белой норки. И «Графы» в уши.

— Клево. А лезть не будут чехлы?

— Конечно нет. Знаешь, сколько они стоят?

Брюнетка в розовом платье была обладательницей огромной, невероятных размеров, груди. В руке она держала стакан с виски.

— Девочки, а знаете, что подарили кому-то там в Европе на золотую свадьбу?

Все с любопытством повернулись к брюнетке.

— Песочные часы! Только вместо песка — одиннадцать тысяч бриллиантов. По одному за каждый прожитый вместе день. Представляете?

— Супер, — согласилась блондинка номер два. — Но это не с нашими мужьями.

— Золотая свадьба — это пятьдесят лет? — спросила жена Влада. — Я столько не проживу. Или надо увеличить количество бриллиантов за день.

Я решила немедленно найти Влада и приступить к своим непосредственным обязанностям.

По дороге остановила официанта и съела половину того, что лежало у него на подносе.

Влад оказался в комнате, отделанной темным деревом, поеденным жучками. Это потом я узнала, что за жучков надо платить дополнительно. Чтобы они дерево поели правильно.

Влад сидел в кресле и рассказывал что-то мужчинам в рубашках, но без пиджаков.

— Cohiba Robustos, — произнес он как заклинание. У него в руках была коробка с сигарами.

Я подумала, что если сейчас подойду и попрошу сказать что-то вроде «ПЕНИТЕНЦИАРНЫЙ», то поставлю его в неудобное положение. Потому что язык у него и так уже заплетался.

Девушки собрались в гостиной на диванах.

Я храбро встала рядом.

У каждой из них хотя бы раз в жизни угнали машину. Они рассказывали свои истории со смехом, перебивая друг друга, словно это было самое веселое, что когда-либо с ними случалось.

— Он сел за руль и говорит мне: я сейчас заведу машину, и вы посмотрите, не искрит ли. Я, как идиотка, смотрю. Он говорит: вы подальше отойдите, лучше будет видно. Я отхожу, а он спокойно заводит мою машину и уезжает! Представляете?

— А я колесо проколола! — подхватила брюнетка с грудью. — И тут какой-то мужик: «Девушка, давайте я помогу». Помог! Я за ним еще минут пять бежала! И орала как сумасшедшая! Машине всего три дня было.

— А я! — У жены Влада тоже был свой печальный опыт. — Останавливаюсь на светофоре, подходит ко мне молодой человек, приличный такой, в костюме, в галстуке...

— На галстуке, — неожиданно для всех перебила я. — Сейчас модно говорить «на галстуке» и «на костюме».

Жена Влада удивленно уставилась на меня.

— На галстуке? — Она посмотрела на свою подругу-блондинку. — А что, прикольно!

Все рассмеялись.

— Ну так вот. Подходит, на костюме, на галстуке, — все снова захихикали, — и спрашивает: «Где храм Христа Спасителя?» Что-нибудь другое бы спросил — в жизни не вышла бы! А тут... как дура. Ну и дальше, по схеме. Пистолет. «Ключи!..»

Все понимающе закивали.

— Это когда тебе Porsche купили? — спросила брюнетка.

— Купили! — передразнила жена Влада. — Он мне свой отдал, бэу, а не купили!

На десерт был Remy Martin на палочке. Как эскимо. Такой же формы и такой же замороженный. Я была единственная, кто не удивлялся. Все остальные ахали и охали. И спрашивали, где такое можно купить. Хозяйка дома с загадочным видом секрета не выдавала.

Снег опускался на землю множеством белых ангелов. Они касались моей протянутой ладони и тут же исчезали. Это не было грустно. Вернее, это была та грусть, которую иногда хочется испытать.

Мы с Владом перешли на «ты». Это он предложил. «А то, — говорит, — как-то странно: мы везде вместе, ты уже всех моих друзей знаешь, а у нас такой официоз».

Еще он сказал, что я смешно поворачиваю голову, если он неправильно произносит звук. Он крутил головой, передразнивая меня, как мальчишка.

Это не было обидно. Я глупо хихикала, но, надеюсь, что хотя бы не краснела.

Жену Влада звали Ладой. Забавно: Лада и Влад.

Или, например, Влад и Даша. О чем я думаю?

Влад создал свою партию. Известный политик, которого я видела у них дома, был ее лидером. Они готовились к выборам. Каждый день Влад встречался с огромным количеством людей. Я ждала в переговорной.

Но мы все равно очень много времени проводили вместе.

Мы даже вместе ужинали.

Влад познакомил меня со своим другом. Тот всюду ходил с маленькой собачкой породы мальтезе. Похожа на обычную болонку. Он надевал на нее теплые комбинезончики и завязывал ей бантики.

Сначала я думала, что это собачка его жены, но жена временно куда-то уехала.

Выяснилось, что он не женат. А собачка ему нужна как раз для того, чтобы с девушками знакомиться. Ничего даже делать не надо. Сидит он с собачкой на руках, а мимо проходят девушки, и каждая начинает сюсюкать: «Ой, какая очаровательная собачка!» — и гладить. Я сама точно так же поступила. Он с готовностью дает ее подержать, даже разрешает поиграть минут десять. Потом подходит забрать свою любимицу, но уже вместе с телефоном девушки. И ждет следующую.

Друг Влада хочет выписать своей собачке инструктора из Америки. Вообще нью-йоркских собак обслуживают пять человек: тренер по доге, парикмахер, доктор, дрессировщик и дантист. Друг Влада завел бы своей собачке десять человек. Она ему очень дорога. Она у него как курочка, несущая золотые яйца. Ее даже зовут Коко.

Влад смеется и говорит, что заведет себе игуану. Кто-то из его знакомых хочет свою отдать в надежные руки. Потому что ей каждый вечер надо свет включать, а этот знакомый домой периодически только под утро приходит.

— Даш, ты будешь ухаживать за моей игуаной?

Я улыбаюсь и не знаю, что ответить. Чувствую себя идиоткой без малейшего чувства юмора. Как они еще сидят со мной? Ресторан битком набит хохочущими девушками в летних майках, несмотря на то что на улице минус девять.

Это уже потом, на заднем сиденье владовской машины, я придумала, как минимум, десяток великолепных ответов:

— Я научу ее говорить правильно.

Или:

— Я буду за ней ухаживать, если ты будешь ухаживать за мной.

Или...

Не важно. Поздно. Я молчала и улыбалась, как дура.

МЫ СРОЧНО наводили

п

о

р

я Д

о

к

5

Я рылась в шкафу, пытаясь подобрать «домашний наряд больной девушки»

У Риты любовь с КБУ. Он очень симпатичный. Только маленький. В смысле роста. Ходит в галстуке и всегда все знает. У него красивая машина, похожая на машину Влада. Но он сам за рулем. Он бросает курить, поэтому на плече у него приклеен пластырь. Он смотрит на Риту невидящими глазами. Если закрыть ему глаза и спросить: «Во что Рита одета и какая у нее прическа?» — он не ответит. Потому что смотрит в глубь Риты. И все время берет ее за руку. Так романтично — когда мужчина все время дотрагивается до твоей руки. Рита счастлива.

КБУ пригласил нас с Ритой в ресторан. Столько ресторанов, сколько я посетила за последнюю неделю, я не видела за всю свою жизнь.

Я заказала теплый салат из морепродуктов. Любимое блюдо Влада.

Мы пили мартини. КБУ — виски с колой. КБУ звали Костей.

Прямо над нашим столом висела колонка. Играл джаз.

— Надо попросить, чтоб поменяли музыку! — капризно произнесла Рита. Я ее такой никогда не видела. — Что-нибудь повеселее.

КБУ с готовностью махнул официанту и попросил поставить другой диск.

Мы с Ритой клали лед в вино, а КБУ ругал нас. Он говорил, что мы не чувствуем аромат букета.

Я подумала про Влада. Я загадала: какая будет первая строчка следующей песни, так он ко мне и относится.

Я крутила в пальцах бокал. Ждала песню. Детский сад какой-то.

Когда заиграла музыка, Рита спросила меня, чему я так радуюсь.

Глупая улыбка соединила собой мочки моих ушей. И кажется, поплыла еще дальше — к затылку.

Это была группа «Звери». Песня «Все, что тебя касается, все только начинается».

На десерт заказали фрукты. Мандарины и виноград. Зимний набор витамина С.

Фрукты никто не ел.

Мы вышли, громко обсуждая, куда поехать танцевать.

В машине Рита села рядом с КБУ, а я, как всегда, на заднее сиденье.

— Ничего, что ты выпил? — поинтересовалась я.

— Ничего, — уверил КБУ.

Гаишник, который нас остановил, так не считал.

— Выпивали? — добродушно спросил он.

— Я? Да вы что? — КБУ протянул ему документы.

— Задерживаю права. До экспертизы.

— Какой экспертизы? — недовольно переспросил Костя и вдруг внимательно посмотрел на гаишника. — Эй, да вы сами выпивали!

— Штраф будешь платить? — Гаишник чуть отошел от машины.

— Я? Штраф? — закричал КБУ. — Да это вы под суд пойдете! Вымогатели! Напьются и пристают к честным гражданам! И угрожают еще! Где ваш жетон?

Гаишник протянул КБУ права.

— Езжай, езжай, сумасшедший!

— Нет, вы постойте! — не мог успокоиться Костя.

— Да отстань ты от него! — попросила Рита.

Гаишник сел в машину и медленно выехал на дорогу.

— Не отстану! — кричал КБУ, нажимая на газ. — Пьяная гаишная морда! Я ему покажу, кто здесь выпивал!

Гаишник включил мигалку, но наша машина не отставала. Мы гнались за ним так, словно преследовали опасных преступников. При этом сами мы как будто были милиционерами.

Пролетев на огромной скорости несколько улиц, гаишная машина с мигалкой и сиреной влетела во дворик отделения милиции где-то в районе Новослободской. И остановилась.

КБУ дернул ручку дверцы. Рита вцепилась ему в рукав.

— Ты же пил! — закричала она. — Куда ты собрался! Поехали скорее отсюда.

Гаишник и еще два человека в милицейской форме направились к нам, помахивая дубинками.

Мне стало страшно.

КБУ переключил скорость.

— Надо валить отсюда! — Машина резко дала назад, чуть не задев одного из милиционеров, и развернулась в сторону улицы.

Я смотрела в заднее окно, молясь о том, чтобы за нами не было погони.

— Вот дурак, что я к ним привязался? — удивился КБУ и расхохотался. — Нет, а как он сваливал? Вы видели? Вот идиот!

Рита осталась у КБУ. Никто не сообщит мне утром, какой наступил праздник.

Я заболела. Наверное, вчерашний лед.

Я проснулась на рассвете. Мое самое любимое время суток. Рассвет в космосе наступает шестнадцать раз в день. Я бы хотела жить в космосе. Я бы взяла с собой отрывной календарь — и все. Каждый день — праздник, и шестнадцать раз за день — рассвет. Счастье.

Меня знобило. Терминатор лизала мои пятки. И поскуливала.

Мне стало немного стыдно, что у Терминатора нет цветного комбинезончика и что мне никогда не приходило в голову взять ей инструктора по доге. Так же как дантиста и парикмахера. Хотя, конечно, дрессировщик ей бы точно не повредил.

Я лечилась народными средствами. Чай, мед, горчица в носки. Если болит голова — капустный лист на лоб. Теплый боржоми с молоком для горла.

В девять утра позвонила Владу.

Он был расстроен. Спросил, какая нужна помощь.

Я была расстроена еще больше. У него — выборы, а я тут с ОРЗ валяюсь.

Он попросил, чтобы я позвонила вечером.

Днем захотелось плакать. Какая невероятная глупость — болеть.

Я смотрела на номер Влада в моем мобильном. Не знаю, смотрела ли я хоть раз так же долго на какое-нибудь произведение искусства? И вызывало ли оно у меня такие же эмоции, как эти семь цифр?

Мне захотелось отправить ему sms. «Привет!» Нет, глупо. А что?

«Мне уже лучше».

Но это может его обнадежить, а мне на самом деле совсем не лучше.

«Я чувствую себя плохо. Пожалей меня».

Да, отличное sms от учительницы к ученику. Женатому.

Вечером приехала Рита. Она надела специальную медицинскую повязку и накормила нас с Терминатором бульоном. Эту повязку ей КБУ дал. Чтобы она не заразилась.

Рита рассказывала про любовь. Как он исполняет все ее желания. А утром пожарил яичницу. И какая у него красивая квартира. Огромная. Гостиная — как аудитория в институте. А яичницу ему пришлось самому жарить, потому что разобраться во всей этой технике у него на кухне для Риты абсолютно невозможно.

— Ну и хорошо, — сказала Рита. — Тем более что он дома вообще не ест. У него в холодильнике — только яйца и батончики мюсли.

КБУ зовет Риту слетать на Мальдивы.

— Представляешь? — Рита мечтательно закатывает глаза. — Я — на Мальдивах! В шляпе!

— А он не женат? — спрашиваю я подозрительно.

— Нет. И никогда не был! — гордо отвечает Рита.

— А ты бы вышла за него замуж? — У меня хриплый голос, болит горло, но так интересно разговаривать с Ритой о любви!

— Не знаю... Вышла бы, наверное... А что, здорово!

Здорово. Я была бы подружкой невесты.

— А ты за Влада! — Рита прыгнула ко мне на кровать. — Представляешь?

Она сорвала с себя марлевую повязку, которая явно мешала ей говорить. И нацепила ее на Терминатора. Терминатору понравилось. Она даже не шевелила мордой, чтобы повязка не свалилась.

— Он женат, — напомнила я подруге.

— Ну и что? Сегодня — женат, завтра — свободен!

Мне было приятно это слышать. Хотя я и не цинична.

— Вот интересно, почему у них нет детей? — задумалась Рита.

— Может, есть. — Я пожала плечами. — Хотя по всей квартире фотографии только их двоих.

— Ну, как ты себя чувствуешь? — спросил Влад в трубку как-то очень по-деловому.

— Спасибо. Пока болею.

— Ну, выздоравливай! Тебе ничего не надо?

Я даже не поняла, когда он закончил разговор. До того, как я сказала: «Спасибо, у меня все есть», или все-таки после.

— Может, переговоры? — неуверенно предположила Рита, глядя на мое расстроенное лицо.

— Может. — Я послушно согласилась.

Вечер был испорчен.

Рита закрылась в своей комнате с телефонной трубкой.

Я пробовала читать. Фернандо Аррабаль. «Необычайный крестовый поход влюбленного кастрата».

Все фразы и все мысли героя (книга написана от первого лица) я переносила на себя.

«..Она плевала на меня с высокой колокольни, хоть я и не жил в ризнице».

Я проснулась от телефонного звонка. Водитель Влада. Спрашивал адрес. Я сообщила скороговоркой номер дома и улицу, но почему-то постеснялась спросить его зачем.

Выбежала в пижаме в коридор.

— Рита! — закричала я так, как обычно кричат «Пожар!», и Терминатор вторила мне радостным лаем.

Мы решили, что Влад посылает мне водителя с фруктами. Почему-то принято возить больным фрукты. А цветы? Передаст он мне цветы? Хотя с какой стати Влад должен это делать?

Мы срочно наводили порядок. Рита бросилась чистить зубы Терминатору. Я рылась в шкафу, пытаясь подобрать «домашний наряд больной девушки».

Через семь с половиной минут мы чинно сидели на кухне, вытаращив друг на друга глаза. И молчали.

Через какое-то время Рита предложила попить чай.

Попили.

Может, позавтракать?

Я с сомнением посмотрела на часы. После звонка водителя прошло сорок минут.

— Да он и вечером может заехать, — предположила Рита. — Что, так и будем сидеть?

Я пожарила яичницу. Разложила ее по тарелкам. Рита достала из холодильника малосольные помидоры.

Когда в дверь позвонили, мне захотелось выкинуть яичницу в помойку вместе с тарелкой.

— Может, тебе лучше в постель лечь? — засуетилась Рита.

— Что же я перед водителем в постели буду лежать? — обиделась я.

Приехал Влад. Без цветов, но с большим пакетом из «Fauchon». Привез всяких банок, упаковок и горячий хлеб. И еще один пакет с лекарствами.

Мы стояли на кухне. С тарелок глазела яичница. Влад озирался с доброжелательным любопытством. Я краснела. И за яичницу, и за то, что у нас не было третьего стула.

— Я помешал вам завтракать? — спросил Влад, и я видела, как Рита сразу оценила его необыкновенный голос.

Мы с ней затараторили одновременно, доказывая, что мы ненавидим и завтракать, и яичницу.

Влад прошел по нашей квартире, не смущаясь и не спрашивая разрешения. Мы с Ритой семенили за ним.

Он улыбался. Мы заглядывали ему в глаза. Не понимаю, почему я чувствовала себя неловко в тот момент. И Рита тоже.

— Ну что, девушки? Не буду вам мешать. — Влад протянул руку и взял меня за подбородок. — Выздоравливай. Ты нам нужна.

Уже около двери он повернулся к Рите:

— Проследи за подругой. Чтобы все эти лекарства, которые я привез, она съела.

— Хорошо. — Рита кивнула.

— Хорошо. — Я зачем-то кивнула тоже.

Влад подмигнул нам и захлопнул за собой дверь.

— Офигительный, — произнесла моя подруга, глядя на меня с завистью. Как будто я похудела на пять килограммов.

— Да... — мечтательно согласилась я.

Мы обошли квартиру, глядя на нее глазами Влада.

— Вообще-то порядок, — успокоила меня Рита.

— Ага. Только ему сесть было некуда, — произнесла я так, как будто в этом была виновата она.

Мы ели пармскую ветчину с карбонатом прямо из упаковок.

Я достала из пакета банку черной икры.

— Жалко, блинов нет, — сказала Рита, открывая крабовые консервы.

— Блины с икрой — это кич, — назидательно произнесла я.

— Ну да. Я, кстати, со сметаной больше люблю.

Мы рассмеялись.

А цветы Влад все-таки не привез.

Мы выпустили из ванной Терминатора, которая все это время надрывалась от лая. Она обегала все комнаты, повторяя маршрут Влада, и угрожающе порычала на входную дверь. Потом — на нас.

— Мы поняли, — улыбнулась Рита. — Больше так не будем.

— Просто она удивляется, зачем ей зубы чистили, если все равно к гостям не пустили. — Я бросила собаке несколько кусочков салями. И сыра тоже.

Я действительно решила пить лекарства, которые принес Влад.

«Ты нужна нам», — сказал он. Кому «нам»? Партии, что ли?

— Я хочу встретиться с Костей. Поболеешь одна? — Рита смотрела на меня умоляюще.

Мне самой хотелось поболеть в одиночестве.

Я укрылась одеялом и вспоминала Влада. Снова и снова открывала ему дверь, убеждала, что он нам не мешает, смотрела ему в глаза, ощущала его руку на своем подбородке.

Надо же, лекарства привез. И еду.

Интересно, как он заботится о своей жене, когда она болеет? Носит ей чай? Гладит по голове? Шепчет в ухо всякие ласковые слова? А она, наверное, специально подольше не выздоравливает.

Я представила Ладу.

Мне не хотелось думать о ней плохо. Наверняка она любит своего мужа. Пусть у них все будет хорошо.

Я смотрела какое-то ток-шоу, когда в дверь снова позвонили.

Приехал водитель Влада. С ним были еще два охранника. Они внесли в квартиру огромную коробку. Холодильник.

Оказывается, Влад заметил, что мы пользуемся автомобильным холодильником, который когда-то подарил Рите ее очередной жених.

Мое растерянное лицо отражалось в никелированной дверце.

— Рит... — выдохнула я в трубку почти шепотом, когда все ушли. — Ты не поверишь. Влад прислал нам холодильник.

Я даже убрала трубку от уха, чтобы не лопнула барабанная перепонка. Так завизжала Рита. Мне пришлось подробно описать ей размер, количество полочек на дверце и полочек вообще. Удобны ли ящики в морозилке и сколько всего ящиков.

Не вешая трубку, я аккуратно разложила по полкам то, что осталось от утреннего изобилия, переложила из нашего холодильника яйца и рассказала Рите, как это все смотрится.

Я еще раз сто открыла и закрыла дверцу.

Позвонила Владу.

— Спасибо, — произнесла я от всей души. — Мне, правда, не очень удобно... Скажи, сколько мы тебе должны?

В этот момент я молила Бога, чтобы Влад спокойно назвал мне какую-то цифру. Правда, я не знаю, о чем бы мне пришлось молить Бога в следующий момент.

— Ничего не должны. Мне это вообще ничего не стоило. Но ты довольна?

— Очень, — выдохнула я.

— Ну и отлично. Лекарства пьешь?

— Пью.

— Пей, а то холодильник обратно заберу.

— Ладно. Спасибо.

Я сидела на полу и улыбалась. Как в космосе. При очередном рассвете.

Это был День дипломатического работника.
Рита звонила какому-то своему знакомому, чья мама работала в МИДе. И просила поздравить маму с праздником.

Знакомый еще спал. Рита была настойчива.

Мама с детства учила меня уважать чужое горе. Рита учила меня уважать чужие праздники.

Я позвонила Владу и дала ему задание. Научиться легко произносить слово «жлобственничественность». Он записал его по слогам. Спросил, как работает холодильник. Потом — как я себя чувствую. Сказал, что у меня по телефону очень сексуальный голос.

— Спасибо, — пролепетала я.

Рита пошла гулять с Терминатором, а я бродила по квартире в состоянии счастливого овоща. Я ни о чем не думала. Я улыбалась. И мне казалось, что я появилась на свет только сегодня. И что весь окружающий мир создан только для того, чтобы я появилась. Как же мало надо для того, чтобы появиться на свет! Всего лишь иметь подтверждение того, что у тебя очень сексуальный голос!

Влад справился с заданием только к следующему утру.

У меня спала температура.

Рита не ночевала дома.

Мне снились звезды. Одной из звезд была я. Целую ночь я переживала, что свечу недостаточно ярко.

— Перекладываемые. Перевертываемые, — отчетливо продиктовала я Владу, говоря более низко, чем обычно.

Я очень старалась, чтобы мой голос звучал так же, как вчера. Сексуально.

Я выздоровела в День Аэрофлота.

В этот же день выздоровела Любовь Макаровна.

— Дашенька, как там Владимир Викторович? — спросила она меня в трубку очень бодро.

— Владимир? — Наверное, так люди себя чувствуют перед расстрелом. Когда следующая минута — последняя. — Викторович?

— Да. Вы отработайте сегодня, а завтра уже я им займусь. Как там, не безнадежно?

— Нет, все очень хорошо.

Секретарша встретила меня улыбкой под названием «Не думайте, что я не умею улыбаться».

— Живы? — спросила я, заходя в кабинет Влада и останавливаясь у аквариума.

— Живы, — кивнул Влад. — Хотя как они могли прожить столько времени без тебя — непонятно.

— А я сегодня последний день, — выпалила я, хотя собиралась сообщить эту новость в конце дня и при подходящем случае.

— Почему? — удивился Влад, сидя за своим огромным письменным столом. Так удивляются умные люди, сталкиваясь с глупостью. Немного высокомерно, но в общем-то от души. Так, наверное, удивлялся Галилей, когда ему не верили, что земля круглая.

— Любовь Макаровна выздоровела. Она сама будет заниматься с тобой.

— А... — Влад улыбнулся и хитро посмотрел на меня. — Ты расстроена? Скажи! Расстроена, да?

Он смеялся надо мной.

Я гордо задрала подбородок. Пожала плечами.

— А ты нет? — ответила я и удивилась собственной несдержанности.

— Конечно! — Он улыбнулся так широко, что было странно, как вообще такая улыбка смогла уместиться на лице.

Я улыбнулась в ответ. Приятно.

— Ты будешь по мне скучать? — Его глаза искрились весельем, и я, помимо воли, ему подыгрывала.

— Конечно! — Я в точности повторила его интонацию.

— Будешь мне названивать, приглашать в гости?

Я достала из сумки учебник.

— Вот. Любовь Макаровна просила прочитать восьмую главу.

— Восьмую главу? Конечно, раз Любовь... Как?

— Макаровна.

— Раз Макаровна просила — прочитаю.

Он никогда не разговаривал со мной в таком тоне. Я обижалась и радовалась одновременно.

— Сегодня День Аэрофлота, — ни с того ни с сего сообщила я.

— Да ты что, Даш, серьезно? — Влад расхохотался.

Я кивнула.

— Даш, неужели мы с тобой расстанемся в такой день? А? Нет, прошу тебя!

— Давай работать.

На мне был красный свитер, и я постоянно натягивала рукава на кулаки.

— Повторяй за мной: ПРА-ПРЯ, ПРО-ПРЕ.

— ПРА-ПРЯ, ПРО-ПРЕ. Даш, а можно, я тоже так буду делать? — Влад попытался спрятать ладони в рукава пиджака.

Я состроила обиженное лицо.

— Ну, правда, Даш, мне нравится! Ну, ладно, ладно, все. ПРО-ПРЕ, ПРА-ПРЯ.

Водитель вез меня домой. Мне хотелось спросить, как его зовут. Ужас, мы знакомы уже две недели, а я не знаю, как его зовут.

Мы знакомы с Владом всего две недели. И уже все.

В День Аэрофлота были благоприятные погодные условия. Ни снега, ни ветра. Мороз.

Рита любит зиму. Потому что зимой всегда темно и поэтому легко спрятаться — так она говорит.

Водитель крутил ручку радио.

«Будет у нас что-нибудь дальше?» — загадала я. И тут же услышала:

«Девушки бывают разные — черные, белые, красные! Но всем одинаково хочется на что-нибудь заморочиться!»

Я отвернулась к окну. Я ведь и правда так часто все себе придумываю.

Я обняла Терминатора, она дышала мне в ухо.

— Я тебя очень люблю! — сказала я Терминатору. И она улыбнулась в ответ.

Я лежала на кровати и без интереса наблюдала за приготовлением соте из баклажанов по СТС.

Зазвонил телефон, но мне не хотелось отвечать.

Я выключила свет и телевизор. Накрылась одеялом с головой. Мне казалось, что я прожила целую жизнь. А теперь меня отправили на пенсию. И я совершенно не представляла, что мне делать завтра. Я пыталась придумать какие-то дела, но все они казались мне пустыми и бессмысленными.

Интересно, какой завтра праздник? День пенсионера?

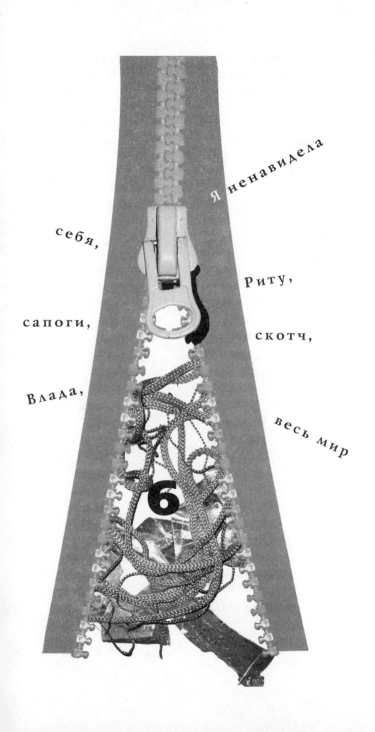

Я ненавидела

себя,

Риту,

сапоги,

скотч,

Влада,

весь мир

6

—Алло? — Даже спросонья, отвечая по телефону, я говорю так бодро, словно только что поплавала в бассейне. Потянувшись к трубке, я толкнула Терминатора, и она свалилась прямо на телефон. «Опять ко мне в постель забралась», — промелькнуло у меня в голове, но никакого раздражения я по этому поводу не почувствовала. Терминатор недовольно посмотрела на меня и, пошатываясь, побрела к двери.

— Даша? — Голос Любови Макаровны. — Что же я никак не могу дозвониться?

— У меня телефон что-то...

— Не важно. С Владимиром Викторовичем заниматься будете вы. Его личная просьба. И я тоже вижу в этом смысл — зачем руки менять?

— Я? — Не знаю, как я оказалась в коридоре.

— Ну да. И через час вы должны быть у него.

Я снова была в спальне. В душе. В шкафу. На кухне. Нет, не успею. В машине.

— А как вас зовут? Я все время стесняюсь спросить....

Водитель повернулся ко мне, и я испугалась, что мы врежемся в троллейбус.

Мы познакомились. Хотя, оказывается, он знал, что я — Даша.

Я покормила собаку? Да, покормила. Горошек перемешала с остатками сухого корма.

— Живы? — спросила я, и улыбку с моего лица не стерла бы смерть даже целого дельфинария, а не то что просто стайки цветных рыбешек.

— Поздравляю с Днем влюбленных! — насмешливо проговорил Влад и отъехал на своем кресле от стола.

Я не успела посмотреть в календарь.

— Вот. Не знал, что тебе подарить, — он протянул мне листок бумаги. Шариковой ручкой на нем был нарисован Серый волк. Из мультфильма. В лапе он держал цветок.

— Спасибо. Я тебя тоже поздравляю.

— А где подарок?

— Дай мне чистый листок.

— Нет! Обезьянничать не надо! Давай свое что-нибудь!

— Ладно. Я подарю тебе поцелуй.

— О-о-о! Ну-ка, ну-ка, я даже подойду, давай!

Влад встал рядом со мной, в его глазах плясали тысячи насмешливых искорок.

Я очень медленно и манерно поднесла ладонь к губам, чмокнула собственные пальцы и, томно прикрыв глаза, отправила воздушный поцелуй Владу.

— Всего-то? — возмутился он. — В этот прекрасный праздник? После того как я целое утро рисовал эту замечательную картинку, в то время как ты нагло дрыхла, совершенно не заботясь о моем подарке?

Я хотела его поцеловать. Так, словно это был самый последний мой поцелуй. И самый первый. Я очень люблю целоваться.

— Ну вот, — я не пыталась сдержать смех, — у меня теперь есть цветок, а у тебя — поцелуй. Правда, у меня еще есть волк, но зато у тебя — такой поцелуй! Ого-го!

— Да уж... Если б ты знала, как давно я этого не делал. — Влад вздохнул:

Я посмотрела на него удивленно.

— Приглашаю тебя сегодня на ужин! Согласна?

По моему виду было и так понятно, что да. Но я на всякий случай кивнула:

— Согласна.

— Форма одежды — парадная, — объявил Влад. — Ты вообще к парадам как?

— А как ты, например, насчет этого: «Турка курит трубку, курка клюет крупку. Не кури, турка, трубку. Не клюй, курка, крупку».

— А такой простой, без особых талантов человек, как, например, я, это в принципе может повторить?

Он сел за стол, мы стали заниматься.

Он смотрел на меня, и я, кажется, краснела. Не знала раньше за собой такой особенности.

— Поговорим об ударениях. Я произнесу слова, в которых чаще всего встречаются ошибки. А ты запоминай, как правильно: ку́хонный; балова́ться; щаве́ль; по среда́м; премирова́ть; обеспе́чение; бо́чковое.

— Пиво?

— Пиво.

Влад обошел стол и наклонился надо мной.

— А как правильно? Целоваться? Или целовадза?

— А как правильно? Ра́кушка или раку́шка?

Влад задумался.

— Ра́кушка.

— Нет. Правильно — раку́шка. Поэтому сядь на место и поехали дальше.

Я стояла у окна в пустой переговорной и наблюдала за детьми, выбегающими из школы напротив. Нараспашку, без шапок — для них не существовало ни мороза, ни зимы. Вернее, существовало, но имело совершенно другое значение. Не «холодно» и «можно заболеть», а «снежки» и «весело». Почему с возрастом все меняет смысл? Его меняет накопленный опыт? Вспомнила дурацкую поговорку: «Обжегшись на молоке, на воду дуют». Я предпочитаю интуицию. Интуиция — это опыт прошлых жизней. Все, что в нас есть, — оттуда. Например, гордость, в которой так часто обвиняет меня Рита. Откуда она? Может, тысячи лет назад я была императрицей? В Риме? И поэтому теперь могу позволить себе так мало? Или так много...

А страх? Внезапный, ни на чем не основанный страх? Когда просыпаешься ночью и долго смотришь на звезды? Может, меня сожгли на костре в средневековой Испании?

И эта мучительная жажда любви? Может быть, первую женщину звали не Евой?

Влад был на переговорах уже час. Я съела всю малину у него на столе. Где он берет малину зимой? Да еще такую вкусную. Следующие посетители переговорной останутся голодными.

Прошел еще час.

Появилась секретарша. С улыбкой: «Не думайте, что я не умею сочувствовать».

— Даша, Владимир Викторович распорядился отвезти вас домой. Непредвиденные обстоятельства. И вечером машина заберет вас в семь часов.

Водитель уже открыл дверцу машины.

«Ну и хорошо, — пыталась я себя успокоить, — зато придумаю, что надеть в ресторан».

Рита была дома.

— Он пригласил меня на ужин! — выпалила я с порога.

Рита обняла меня и закружила по коридору. Терминатор залаяла. Это было похоже на сцену из мультфильма «Карлсон вернулся».

Пока моя подруга не узнала все подробности, она не успокоилась.

Я с гордостью демонстрировала ей рисунок Влада.

Рита хихикала.

— А ты как? — вспомнила я законы вежливости.

— Он подарил мне потрясающие цветы, и сейчас мы поедем выбирать мне подарок.

— Ого? А что ты хочешь?

— Не знаю. Что-нибудь красивое. А вообще-то мне джинсы нужны. Или свитер какой-нибудь. С горлом, знаешь?

Пока я думала, что мне надеть, Рита жаловалась на домработницу КБУ.

— Представляешь, она совсем не убирает, а он ее выгнать не может!

— Почему? — Я раздумывала над черной блузкой с розовым воротником. Достаточно ли это парадно?

— Да она у него девять лет работает!

— Ничего себе!..

— Ну да. И ведет себя так, как будто член семьи. А ему неудобно что-то сказать. Он считает, что она его любит.

— Ну, может, она его и любит? — предположила я.

— Может, и любит. Но ей убирать надо, понимаешь? А не любить.

— Рит, но так нельзя говорить. Она же не робот. Если она у него девять лет работала, и от души, то, правда, как он ее уволит?

— Да запросто! У него в кладовке паутина на полочке! Ужас!

— Она старая?

— Ну, так...

— Может, ей тяжело... — Я решила надеть коричневую юбку и бежевую кофту на пуговицах. — С моими сапогами хорошо будет?

— Черная юбка, наверное, лучше. С черными сапогами. Но зато эта с бежевой кофтой здорово смотрится. А потом — у тебя сумка черная, так что нормально, — комментировала Рита.

Домработница КБУ категорически не замечала ее присутствия в квартире. И Ритиных вещей. И Ритиной грязной посуды.

— Я Косте пожаловалась. Она все вещи складывает, а до моих даже не дотрагивается.

— А Костя что?

— Ничего. Он, по-моему, ее сам боится. Ой, Даш, ты не опоздаешь?

Рита выглянула в окно.

— Приехал. Давай быстрей!

Терминатор лежала на коврике в прихожей и грызла мои сапоги.

— Отдай! — закричали мы хором. Она так ловко уворачивалась, что даже не получила ни одного шлепка.

Молния была уничтожена. Левый сапог не застегивался. Я готова была расплакаться.

— Может, мои? — неуверенно предложила Рита.

— И хромать?

У моей подруги удивительно маленькая нога. «Аристократическая», как она говорила всем. «Непропорциональная», как она говорила мне.

Я не знала, что делать. Мы пытались закрепить молнию булавкой.

— Надевай джинсы! Быстро! — скомандовала Рита. — И замотаем чем-нибудь голенище!

Пока я натягивала джинсы, Рита принесла скотч и бечевку.

— Я надеюсь, ты не собираешься раздеваться? — спросила она, усердно обматывая мою ногу.

— Ты что? — испугалась я. — Конечно нет.

— Ну и отлично. Потому что сама ты это снять не сможешь.

Под джинсами ничего заметно не было. Но как я приду в джинсах, если Влад просил при параде!

— Вот что мы будем делать завтра? — задумалась Рита.

— Молчи. — Я быстро поцеловала подругу.

Зазвонил телефон. Влад.

— Даш, ты не торопись...

— Я уже бегу!

— Ничего, ничего, я тут в машине еще могу полчасика посидеть...

— Ритка, он в машине!

— Быстро! — Рита вытолкала меня за дверь.

Я вышла из подъезда так, как учат в книжках, — словно королева на собственный балкон.

— Как настроение? — почему-то поинтересовался Влад.

— Спасибо. Отличное.

— Забыл тебя предупредить — это официальное мероприятие. Так что мы сейчас заедем в магазин и попросим поменять твои джинсы на что-нибудь подходящее...

Больше всего на свете я хотела бы оказаться дома, под одеялом. Без сапога.

— Может, я домой вернусь, переоденусь? — не очень уверенно предложила я.

Машина остановилась напротив «Детского мира».

— Даша, рекомендую — Третьяковский проезд. Мечта всех девушек этого города. За мной!

Мои сапоги снять невозможно. Я не выйду из машины.

Я отчаянно трясла головой.

— Нет, Влад, прошу тебя. Я ненавижу магазины, отвези меня домой! Иди без меня!

— Даша, что за истерики? — Влад веселился от всей души, буквально вытаскивая меня из салона. Я упиралась изо всех сил.

Девушки на высоких шпильках смотрели на нас с удивлением.

Влад тащил меня за руку и хохотал.

Перед нами распахнули стеклянные двери самого первого магазина. С правой стороны. Я споткнулась на ступеньках.

— Даша, веди себя прилично. Меня так раньше мама к зубному тащила.

Манекены, вешалки, высокие потолки, лестницы. Как в музее, только холодно. Продавщицы похожи на секретаршу Влада.

— Даш, ну говори, что ты хотела? — спросил Влад.

Я не могла сказать ни слова. Все мои мысли сосредоточились на левом сапоге.

— Ну вот. Тянула меня сюда весь день, а теперь молчит. Вот они — женщины, — Влад улыбнулся продавщице. Показал на манекен. — Вот это, пожалуй, а, Даш?

Черный брючный костюм с фиолетовой рубашкой. Атласной. Красиво.

Я отрицательно покачала головой.

— В жизни не видел таких непокладистых девушек, — посетовал Влад.

Продавщица рядом с ним уже держала в руках вешалку с точно таким костюмом.

— У вас тридцать восьмой, я думаю?

— Даша, быстро в примерочную!

Я обреченно побрела за продавщицей. Она повесила костюм и задвинула занавеску.

Я рассматривала свой сапог. Делать нечего. Я должна справиться с этой конструкцией из липкой ленты, веревки и булавок.

Скотч пришлось отдирать двумя руками. Он предательски скрипел.

— Даш, ты там не заснула? — интересовался Влад.

— Нет, я меряю.

— Ну, ты выйдешь?

— Секундочку.

Когда я наконец сняла с себя сапог, весь мусор, который образовался на полу, еле-еле уместился в моей сумке.

Костюм был необыкновенный. И точно мой размер. Хотя я думала, что у меня сорок четвертый.

В примерочной стояли чьи-то босоножки на высоком каблуке. И мои изуродованные сапоги.

Я вышла босиком, на цыпочках.

— Супер! Так и оставайся! — похвалил Влад.

— Что же вы босоножки не надели? — засуетилась продавщица. — Не подошли по размеру?

— Нам еще обувь какую-нибудь! — попросил Влад и довольно улыбнулся, когда я благодарно бросилась ему на шею. Глупо, конечно.

Я шла по булыжной мостовой на высокой шпильке и больше всего на свете хотела, чтобы меня сейчас увидела Рита. И все девочки из института.

Водитель распахнул перед нами дверцы.

Перед входом в ресторан толпились люди. Швейцарам пришлось отодвигать их в стороны, чтобы мы смогли пройти.

— Даша, улыбайся. Нас сейчас будут фотографировать.

— Почему?

— Потому что они — журналисты. А я, — Влад наклонился к моему уху, — когда-нибудь стану президентом. А ты — со мной. Так что улыбайся!

Я улыбалась. Нас обступили фотографы, каждый просил посмотреть в его объектив, щелкали вспышки. Я жалела, что не накрасилась, и мне хотелось сбежать в туалет — проверить прическу. Но я улыбалась, как просил Влад. Было страшно и весело одновременно. И больше всего хотелось, чтобы в их фотоаппаратах не было пленок.

Влад явно чувствовал себя в своей тарелке. Он шутил, смеялся, а на вопрос «Кто ваша спутница?» ответил: «Не завидуйте».

Он заказал шампанское.

К нашему столику постоянно подходили какие-то люди. Причем девушки первым делом смотрели на меня, а мужчины вообще не смотрели. Влад редко кому-нибудь меня представлял.

— Влад, а где будут все эти фотографии?

— В журналах.

Официант налил нам шампанское, и Влад поднял свой бокал.

— За День влюбленных!

Я улыбнулась.

— Даша! Ты же что-то хочешь у меня спросить, так? Не мучайся, спрашивай!

Я сделала глоток. Шампанское было кислым.

— А как же ты будешь на этих фотографиях, ну, понимаешь... со мной? У тебя же жена...

Влад ответил очень серьезно и немного грустно:

— Нет уже давно никакой жены. Так, одно название. Ей будет абсолютно наплевать, если она увидит меня с другой. Так же, впрочем, как и мне.

Его было так жалко. Я протянула к нему руку. Он накрыл ее сверху своей ладонью.

— Так что не ревнуй, — Влад улыбнулся.

— Я не ревную. — Мне кажется, я покраснела. Это уже становится дурной привычкой.

— Да? А я бы хотел, чтобы ты меня немножко ревновала.

В машине я ждала, что он меня поцелует. Была уже ночь.

— Спасибо, — сказал Влад. — Я потрясающе провел время. И ты ни разу не приставала ко мне со своими поговорками.

Действительно, я совсем забыла о работе.

— Не забудь сумку... А что это у тебя тут такое? — Он с удивлением разворачивал остатки липкой ленты и обрывки веревок, которыми была забита моя сумка. Я вырвала ее у него из рук.

— Это мне надо было... — пробормотала я и выскочила из машины.

— До завтра! — крикнул Влад мне вдогонку.

Я ненавидела себя, Риту, сапоги, скотч, Влада, весь мир.

Из-за этой сумки он не поцеловал меня на прощание. Мы вообще ни разу не целовались за весь вечер. Может, он вообще не хочет со мной целоваться? Не нравлюсь? Или говорила глупости? Или неправильно себя вела?

Как я вообще выгляжу среди всех этих людей? Но берет же он меня с собой. Значит, я ему все-таки симпатична. И День влюбленных провел со мной, а не с женой. Конечно, я ему нравлюсь. А почему он ко мне не пристает?

Все эти мысли странными образами витали в моих снах всю ночь.

Утром позвонил Влад и сказал, что улетает в командировку. На три дня. Что он хотел бы взять меня с собой, чтобы не терять время, но там такие плохие условия, что он не может. Что я буду чувствовать себя некомфортно.

Я поблагодарила.

Он не взял меня с собой. И не поцеловал на прощание. Таких, как я, у него, наверное, миллион.

Может, он полетел с женой?

Представить Ладу в некомфортных условиях было невозможно.

Влад сказал, что жена — это формальность.

Я решила, что не встану с постели, пока он не позвонит.

А почему он должен мне звонить? Из командировки?

Рита включила свет.

— Ты не заболела? Мы с Костей на минуту заехали. Выйдешь?

КБУ с Ритой заняли два наших стула, поэтому я села на пол. Спиной к духовке. В которой никто никогда ничего не пек.

— У вас поесть нечего? — спросил Костя.

Он пил специальные таблетки. Для тех, кто хочет бросить курить. Пластырь ему не помог.

— От этих таблеток есть хочется, — вздохнул Костя, закуривая сигарету, — я уже на три килограмма поправился.

На нем была сиреневая рубашка и фиолетовый галстук.

Они звали меня с собой.

Я осталась дома. Я ждала звонка. Я очень упрямая. И вообще.

... не было
ни дня,
ни ночи,
ни рассвета,
ни заката

7

Когда-то давно меня учили передавать мысли другому человеку. Надо представить себя им. Вспомнить его манеру говорить, жестикуляцию.

Я лежала на кровати и представляла себя Владом. Вот так у меня кривится левый уголок рта, когда я хочу рассмеяться. Вот так я смотрю, когда хочу что-то спросить. Вот так я подхожу, когда хочу поцеловать. У меня на ногах начищенные ботинки. А одна рука все время в кармане. А сейчас я позвоню Даше. Я подойду к телефону и позвоню Даше. Зачем?

Откуда взялся в моей голове этот вопрос? Но я очень отчетливо слышала его.

Зачем? Влад сейчас думает: зачем мне Даша?

И поскольку ответа у него нет, он пока не позвонит.

Вообще-то я не склонна к депрессиям. Но когда потрясающе красивый мужчина говорит: «У тебя такой сексуальный голос», а потом просто пропадает — это испортит настроение кому хочешь. Так еще и комплекс неполноценности развиться может.

Хотя, с другой стороны — имею я право попереживать? Может, в моей жизни больше никогда не будет возможности расстроиться из-за того, что мне не звонит будущий президент! Или, как минимум, депутат.

На второй день командировки Влада у меня не было ни дня, ни ночи, ни рассвета, ни заката.

Были двадцать четыре часа, которые я просто переждала.

Потом я поехала за зарплатой.

Потом в детский дом. Была пятница. Я раздавала конфеты тем, «кто старался». Строго следя, чтобы конфеты достались каждому. Маленький Миша, который почти совсем не говорил из-за врожденной болезни гортани, получил банан. На конфеты у него была аллергия.

Мы дышали по очереди на окно и писали буквы. А потом придумывали слова. Приз получал тот, кто придумывал самое веселое слово. Если «К» — то «клоун», если «С» — то «салочки», если «М» — то все равно «мама».

Я думала о том, что как бы ни сложилась моя жизнь, у меня все равно будут эти дети. И я нужна им. И они мне. А это значит, что мое существование всегда будет иметь смысл.

Влад позвонил в субботу утром. Спросил, можем ли мы считать, что выходные у меня уже были и поэтому суббота — рабочий день?

Он выступал с речью перед избирателями и заметил, что когда волнуется, то глотает окончания и вместо «сегодня» говорит «сёня».

Мы договорились, что я приеду к нему домой.

Дверь открыла калмычка в спортивном костюме.

— Владимир Викторович еще не прилетел, но вас просили обождать в гостиной.

Я — в который раз — рассматривала фотографии на полках, когда услышала голос Лады.

— ...просыпаюсь, башка болит, первая мысль, ты же понимаешь, — где ключи от машины, кошелек и телефон?!

Ее голос и смех то удалялись, то становились ближе. Видимо, она ходила по соседней комнате.

Она вообще знает, что я здесь?

— ...думаю, поеду к тебе позавтракаю. Выхожу на улицу. Где моя машина? Нету! Блин, представляешь, не могу вспомнить, где ее оставила!

Двери в гостиную распахнулись, и я увидела Ладу. А она меня.

На ней был белый велюровый спортивный костюм, белая меховая куртка и белые меховые сапоги.

Во всем этом она уселась на диван напротив меня. И продолжала разговаривать по телефону, не сводя с меня глаз.

— ...офигительно весело! Ну, так она-то стала двойные пить! А танец? Помнишь?

Лада заразительно рассмеялась.

Я чувствовала себя лишней.

— ...ну, да, да, я думаю, около «Зимы» я ее и оставила, блин! Надеюсь, не угнали... Хорошо, я сейчас что-нибудь придумаю. Да я сама хочу! Я половину не помню, может, ты чего расскажешь? Давай!

Лада бросила телефон на диван рядом с собой и широко улыбнулась мне.

— Привет! Влада ждешь?

— Добрый день. Да.

— Он еще не прилетел. Знаешь что? Поедешь со мной. Ты же на машине?

— Меня водитель привез.

— Вот я и говорю. Пошли быстрей, мне поговорить с тобой надо. Влад просил.

— Но... — Я не знала, что мне делать.

— Давай, давай! — Лада схватила меня за руку и потащила за собой. — Миленькие сапожки. Армани? — похвалила она мою обновку.

Я пожала плечами:

— Спасибо.

Надеюсь, она не спросит, кто мне их купил. Я чувствовала себя неловко. И вообще, куда я еду?

Лада небрежно кивнула водителю и развалилась на заднем сиденье, снова разговаривая по телефону.

— Слушай, а ты взяла телефон у этого мужика? Кому дал визитку? Мне? А где она?

Лада несколько секунд молчала. Потом начала хохотать и не могла остановиться до тех пор, пока не закончила разговор.

— Ну мы вчера и погуляли, — сказала она, обращаясь как будто ко мне, но на самом деле просто в воздух. Поэтому я не стала комментировать.

Мы зашли в красивый подъезд с кадками и охраной в бронежилетах. В лифте были ковер и зеркала.

Нам открыла невероятно полная девушка в махровом халате с мокрой головой. Я ее уже видела. У Лады в гостях.

— Яичницу будете?

Мы кивнули. Девушка крикнула кому-то: «Еще две яичницы и салат!» — и сообщила, что через два часа ей надо быть в клинике. Она лежала в клинике для похудания.

— Ну ты там хоть худеешь? — спросила Лада, наливая себе полный стакан минеральной воды.

— Да, конечно. Я уже четыре кэгэ скинула. И три чая, пожалуйста! Или ты — кофе? — спросила она Ладу.

— Нет, чай. А вы там вообще не едите?

Я чувствовала себя невидимкой.

— Почему? Нет, там знаешь как? Два дня овощи, а на третий — человеческая еда. А вчера — не дали! Уроды! Капусту, представляешь, третий день? Но нас-то этим не возьмешь! Мы быстро скинулись — и в магазин!

— Ты, кстати, в «Зиме» макароны ела!

— Макароны? Нет, я что-то другое ела.

Приятная женщина в цветастом фартуке накрыла на стол. Яичница, салат, сыр, чай, конфеты. Все на очень красивой посуде с нарисованными фруктами.

— А зелени нет? Мне укропчика в яичницу! — попросила девушка.

— И сколько тебе там еще лежать? — спросила Лада.

— Еще две недели.

— Ого!

— А что делать? Уже заплатила. И прилично, я тебе хочу сказать.

В дверях появилась молоденькая девочка. Лет пятнадцати-шестнадцати. Улыбнулась Ладе, кивнула мне.

— Мам, ты уезжаешь?

— Да, через час. Будешь завтракать?

— Нет.

— Не нет, а садись ешь! Хочешь желудок испортить? Совсем ничего не ест, представляешь? — пожаловалась она Ладе.

— Зато фигура какая клевая! — похвалила Лада.

— Слушай, я же вчера пиджак купила! Ты помнишь?

— Пиджак? — Лада задумалась.

— Я видела, он в пакете в прихожей, — сказала девочка.

— Вот его-то я и надену! Только с чем? Может, с этой юбкой из «James»?

— Может, — кивнула Лада.

— А ну-ка, померь быстро, а то у меня времени нет! — Скомандовала она дочери, и та сразу убежала.

Девочка вернулась в юбке и пиджаке, который был ей велик размера на три.

— Повернись, — попросила Ладина подруга.

— Нет, — произнесла Лада, — что-то не то...

— А знаешь что надень... — Девушка задумалась. — Праду зеленую сюда.

Через минуту нам демонстрировали пиджак с зеленой юбкой.

У Лады зазвонил телефон.

— Алло. Да, дорогой. Но тебя же не было, и я взяла ее с собой в гости... К Ларчику. Нет, прямо сейчас я ее отправить не могу, потому что водитель поехал за моей машиной. Около «Зимы»... Ну а кто бы ее забрал? Ладно, ладно, я передам. У тебя все...

Она не договорила. Удивленно посмотрела на телефон, потом убрала его в карман.

— Тебе через десять минут надо спуститься, — она обратилась ко мне в первый раз. — За тобой Влад сам заедет.

— Ну, с Прадой вроде нормально, — подытожила Ларчик. — А сапоги какие?

Ее дочь принесла темно-коричневые сапоги на высоком каблуке. Надела. Прошла по комнате, словно по подиуму.

— Ну, отлично. И сумку Tod's. И Christian Dior сверху. Окей, раздевайся.

— Я пойду. Спасибо.

Я встала. Лада мне кивнула. Хозяйка квартиры улыбнулась — и тут же обратилась к Ладе:

— Ты визитку нашла?

Мне нравилось есть шашлык,

За фейеРВеРК

вИНо

пить красное

и слушать смешные истории

Рита уехала на Мальдивы на десять дней.

Теперь я сама гуляла с Терминатором. Она прыгала по сугробам на своих коротеньких ножках и рычала от удовольствия.

Интересно, хорошо быть собакой? Когда тебя любят просто за то, что ты есть. Какая бы ужасная ты ни была. А ты отвечаешь преданностью. И счастливой тебя делает малейшее проявление благодарности за эту самую преданность. Например, одно слово, брошенное на ходу: «Молодец». И ты уже улыбаешься. Как Терминатор.

Наверное, именно у нее я этому и научилась. Каждый взгляд и каждое слово Влада, обращенное ко мне, вызывает у меня улыбку.

— Даш, можно я буду немножко вредничать? Ты проси меня что-нибудь повторить, а я взамен буду требовать поцелуй!

В моем телефоне он теперь так и записан: «Вредина».

У них с Ладой нет детей. Когда-то давно она сделала аборт, и операция прошла неудачно. С тех пор она не может забеременеть. Влад чувствует свою вину тоже, поэтому не может ее бросить.

И наверное, никогда не бросит.

Я не хочу об этом думать, но думаю.

Наверное, все женщины — эгоистки. Но я ведь никому не желаю зла. Даже наоборот.

Хотя, конечно, сложно представить, чтобы мы жили втроем — я, Влад и Лада.

Неужели я такая типичная женщина — месяц знакомства, а я думаю о том, как сделать перестановку в его квартире!

Как они живут без детей?

У Влада началась предвыборная кампания. Мы виделись реже. Его речь стала намного правильней.

Рита вернулась со своих островов. Счастливая и загорелая.

Она сказала, что Мальдивы — единственное место на Земле, где не нужен отрывной календарь.

Там она посещала SPA и теперь сыпала словечками типа «массаж шиатсу», «водорослевое обертывание» и «тритмент», что переводится как «процедура».

Во Всемирный день гражданской обороны, то есть на третий день Масленицы, Рита узнала, что беременна.

Она позвонила мне из маленького дворика нашей поликлиники. Я была в институте. Мне надо было дописывать кандидатскую. Скоро защита.

— Даша, я беременна, четыре недели, — проговорила Рита сквозь слезы.

— Беременна?.. — Я как будто поставила кассету с новым фильмом. Про другие миры. Любопытство, ожидание и беспокойство одновременно.

— Я в ужасе! — рыдала Рита.

— Ты звонила Косте? — осторожно спросила я.

— Нет!.. Думаешь, позвонить?

— Не знаю. Не плачь, пожалуйста.

Рита продолжала всхлипывать.

— Тебе сначала надо определиться. Ты хочешь ребенка? Рит, это очень серьезно...

— Да я понимаю! — Рита почти успокоилась и только иногда хлюпала носом.

— Хочешь выйти замуж за КБУ и родить ему ребенка? — настаивала я.

— Замуж? Вообще-то он мне не предлагал...

— Предложит!

— Я хочу, Даш! Но только я не знаю...

— Все! Звони ему! Только без слез, а очень даже радостно.

— Ладно, — Рита говорила уже совсем спокойно. Трудно было поверить, что всего минуту назад рыдания заглушали слова.

Я посмотрела в окно. Моя подруга — беременна. И все вокруг мне стало казаться беременным тоже. Погода забеременела летом. Капли с крыш — это токсикоз. Яркое, но пока еще холодное солнце — это намечающийся животик. Улыбки прохожих — это счастье родителей.

Рита не перезванивала. Я набрала ее номер.

— Ну, что? Что он сказал?

— Сказал: здорово.

— Здорово? Но он рад? Он счастлив? — Я почти кричала.

— Не знаю... — Счастлива была Рита. — Но он сказал: здорово. Он на переговорах. Наверное, сделает мне предложение?

— Конечно! Вот клево, Ритка!

— Да, клево. Даже не верится, Даш. Неужели все это со мной происходит?

— Конечно, с тобой! С кем же еще, если не с тобой? Я так за тебя рада! Родителям будешь звонить?

— Да ну их. Пока не буду. После свадьбы позвоню.

— Не пригласишь?

— Чтобы они меня опозорили там?

Я пошла в магазин и купила книжку «Мы ждем ребенка». Рите подарю. Все беременные любят читать книги про беременность. И журналы. Хороший бизнес — конкуренция отсутствует. Покупается все.

Я сама с удовольствием полистала книгу.

Теперь Рите надо начинать правильно питаться. Интересно, она сразу переедет к КБУ или какое-то время я смогу о ней заботиться сама?

Рита переехала к КБУ сразу. И попросила больше не называть его КБУ. Он, конечно, и Коротенький, и Богатенький, и Умник, но теперь самое главное, что он — отец ее будущего ребенка. Я согласилась с этим аргументом и дала слово называть его Костей.

Восьмое марта Влад решил провести со мной. Я была не против. Я так ему и сказала.

— Я могу рассчитывать на еще один воздушный поцелуй в подарок? — поинтересовался он. — Ты мне ничего не подарила на двадцать третье февраля!

— А я — на еще одного Серого волка в мою коллекцию?

— В коллекцию? И большая она у тебя?

— Пока нет. Но я бы хотела ее пополнить. И кстати, двадцать третьего февраля мы не виделись.

— А ты все помнишь? Приятно. Надеюсь, мне не придется ждать тебя полчаса в машине?

— Произнеси правильно слово «брюзжать»: вместо «з» и «ж» — два «ж».

— Брюжжать. Это намек?

— Так же произносятся «дожди» и «дождливый» — «дожжи» и «дожжливый».

— Ты неисправима.

— Надеюсь, ты — исправим. Так что повторяй.

— Так что повторяй.

— Влад!

— Влад!

— Ладно, до вечера.

— Ладно, до вечера.

Я не спросила, куда мы идем.

Я надела брюки от нового костюма и черную водолазку. Может, надеть блузку, которую мы покупали под этот наряд? Но я и так все время в ней хожу. Лучше водолазку. И шпильки.

Я посмотрела на себя в зеркало и осталась довольна тем, как я выгляжу.

Надеюсь, мы пойдем вдвоем в ресторан. Зажжем свечи и будем болтать.

А если он опять повезет меня к любительницам Remy Martin на палочке?

Я посмотрела на свое отражение глазами Лады и расстроилась. Водолазка явно смотрится слишком просто.

Рита сказала, что в «Меге» начались распродажи. Если все делать очень быстро — то я успею.

Я достала из холодильника огромную суповую кость, которую специально купила к этому дню, и отдала ее Терминатору.

— С Восьмым марта тебя, девочка моя!

Девочка бросилась на кость, рыча и лая.

— Терминатор, с праздником! — Я сделала еще одну попытку, и, кажется, в этот раз собака благодарно улыбнулась мне.

В «Меге» я выбрала потрясающе бирюзовый свитер, расшитый голубыми пайетками. Даже после скидки он стоил больше, чем я собиралась потратить, но я решила, что сэкономлю на чем-нибудь другом.

В этом свитере я буду лучше всех. Интересно, а эти девушки, собираясь на вечеринки друг к другу, волнуются так же, как я? Или идут спокойно и уверенно?

Неужели возможно чувствовать себя спокойно, собираясь встретиться хотя бы с одной из них?

Влад ждал меня в машине. Мы ехали в гости к его друзьям. Мою мечту о романтическом вечере вытеснила суровая реальность — Владу приятно общаться с себе подобными.

Друзья Влада жили в огромном доме за городом. На веранде стоял мангал, на котором жарили шашлыки. Все сидели за деревянным столом, уставленным тарелками с едой. На столике у стены тянулся длинный ряд напитков.

Все девушки были одеты в разноцветные пуховики и меховые сапожки. На шпильках была я одна. В свитере, расшитом пайетками, я выглядела так, будто сбежала сюда с премьеры в Большом театре. Мое лицо наверняка выражало раскаяние в этом импульсивном поступке.

Тосты были за женщин и за Восьмое марта. И за мужчин, без которых Восьмое марта не имело бы никакого смысла.

Свиной шашлык показался мне очень вкусным, и я тихо спросила у хозяйки рецепт маринада.

— Я попрошу, чтобы вам записали, когда вы соберетесь уходить.

— Спасибо. Но я бы и так запомнила...

Красное вино, гранатовый сок, несколько специй — я действительно запомню. Можно дома замариновать мясо и испечь в духовке. И накормить беременную Риту.

Хозяин дома только что приехал с юга Франции. Он весело рассказывал про то, как, покончив с делами, решил остаться на пару дней порыбачить.

— Подхожу на ресепшн, говорю — организуйте мне рыбалку. Чтобы все было окей. Этот козел протягивает мне два листочка. На одном записан телефон, где взять яхту, на другом — где купить снасти.

— Вот урод! — возмутилась моя соседка слева.

— Представляете? Я ему говорю: ты не понял. Я не хочу никуда звонить, я заплачу сколько надо — организуйте мне все. А он опять: вот вам два телефона...

— И чем закончилось? — спросил Влад.

— Чем? Я, конечно, закипаю... Говорю ему: да не буду я никуда звонить! Ору уже, конечно. А он так спокойненько, с улыбочкой протягивает руку, забирает у меня свои листочки и говорит: «Месье, только что вы лишились прекрасной возможности купить уникальные французские удочки!»

Я смеялась вместе со всеми.

— Жена еле удержала меня! Я уже был в броске за эту стойку!

— Ужас! Я думала, он его убьет там! — подтвердила хозяйка дома.

Мне нравилось есть шашлык, пить красное вино и слушать смешные истории.

В десять вечера был фейерверк. Все кричали и хлопали.

Хозяин дома был настолько пьян, что от одной из петард пытался прикурить сигару.

Когда я сказала, что у меня есть тост, Влад посмотрел на меня с любопытством. Наверное, потому, что это было первое, что я громко сказала за весь вечер.

— За фейерверк! — произнесла я. Все протянули ко мне свои бокалы, и почти каждый повторил за мной: «За фейерверк!»

Когда закончилось красное вино, мы стали пить граппу. Это был первый раз, когда я пробовала граппу. И надеюсь, что последний.

К чаю был торт «Наполеон».

— Вы потрясающе готовите торты! — похвалила я хозяйку. Она расхохоталась.

— Я потрясающе умею их выбирать! На рынке!

После чая мы пели караоке в кинозале в цокольном этаже.

У Влада оказался очень красивый баритон. Он четыре раза подряд спел «Не улетай, не улетай! Еще немного покружи!». По-моему, эта песня называется «Орел».

Он хотел исполнить ее и в пятый раз, но у него забрали микрофон.

Девушки пели романсы.

Когда мы с Владом оказались на заднем сиденье его автомобиля, уже светало.

То, что мы стали целоваться, казалось мне абсолютно естественным и логичным. И приятным.

— Здорово ты целуешься! — похвалил Влад.

— А ты — так себе, — пошутила я.

— А кто не «так себе»? — Его глаза были так близко к моим, что мои собственные казались мне закрытыми.

— Никто.

— Совсем никто?

— Совсем.

Я не обращала никакого внимания на водителя. А водитель на нас.

Около моего дома Влад захотел чаю.

Я хохотала. И говорила, что чая у меня нет.

— Ну, в туалет! Ты можешь меня пустить? Я хочу в туалет!

— Правда?

— Ну конечно, правда!

Не пустить Влада в туалет я не могла.

Мы целовались в лифте. В прихожей. Около туалета. Около моей комнаты.

— Нет! — Мне пришлось постараться, чтобы отодвинуть от себя Влада. — Ты идешь в туалет, а потом уезжаешь домой.

— Почему?

— Потому что.

— Ты хочешь меня выгнать? Такого пьяного, голодного и несчастного?

— Ты есть хочешь?

— Представь себе.

Мы варили пельмени. Влад сказал, что я «лучший варитель пельменей в мире».

За окном грохотали трамваи. Влад заснул в Ритиной комнате. Надеюсь, она не обидится. Когда я закрывала дверь в своей спальне, я пожалела, что у нас нет замков. Я даже оглянулась вокруг, соображая, не задвинуть ли дверь какой-нибудь тумбочкой. Стало лень.

Я проснулась с головной болью. Я вообще-то редко пью.

Я наливала себе чай на кухне и все время улыбалась. Вспоминала вчерашний вечер. Влад был очень забавный и нежный. Хотелось пойти в Ритину комнату, посмотреть — как он там?

Он проснулся, как только я открыла дверь.

— А снять эту комнату мне будет очень дорого? — пробормотал он, протирая глаза.

— Тебе? Дорого.

— Ну что ты там стоишь? Иди сюда, у меня, по-моему, температура. А что у нас на завтрак?

Я задумалась.

— Чай хочешь? И яичницу?

— Очень хочу. Причем все сразу.

Я принесла завтрак на подносе из «Макдоналдса». Один Ритин приятель работал там менеджером. В то время мы ели биг-маки и яблочные пирожки по пять раз в день.

Мне нравилось ухаживать за Владом. Я положила на поднос салфетку и красный цветочек. Рита, конечно, будет ругаться, потому что мы два года ждали, когда наш кактус зацветет. Но, в конце концов, она, я думаю, поймет меня.

Яичницу пришлось готовить еще раз. Влад даже не посмотрел на нее. Он не сводил глаз с меня. Я глупо улыбалась. Он взял меня за руку и притянул к себе.

Рита зашла в самый неподходящий момент. Ей даже сначала показалось, что она ошиблась дверью.

— Ой, Ритка! — Я натянула на себя одеяло. — Ты приехала?

— Как приехала, так и уеду! — сказала Рита, и мы услышали звук захлопывающейся входной двери.

Было очень неудобно, но мы хохотали. Вторая яичница получилась еще лучше, чем первая.

Влад уехал домой переодеваться, а я позвонила Рите.

— Не надо извинений! — сказала Рита в трубку вместо «алло».

— Все равно — извини.

— Ну, как это все было?

— Здорово.

— Он уже разводится?

— Ты приедешь?

— Я в магазине для беременных. Освобожусь и сразу приеду.

Я оторвала из календаря листочек «Восьмое марта». Хотела выбросить, но отнесла в свою комнату. На обратной стороне было написано про мимозу. Почитаю на досуге. Люблю мимозу. Или просто сегодня мне так кажется?

Влад был очень мил, когда уезжал. Около входной двери взял меня за подбородок, как тогда, когда я болела.

— Скажи, что я целуюсь лучше всех! — потребовал он.

— Да я вчера пошутила!

— А я вот не шучу!

Я заверила его в том, что он самый-самый лучший.

Честно говоря, я и вправду так думала.

Рита купила джинсы для беременных. Хотя живот у нее пока еле-еле наметился. У меня такой живот после каждого обеда.

— Надо носить корсет, — объявила она.

— Рит, ну зачем тебе корсет? У тебя срок-то мизерный!

— Сама ты мизерная! А у меня там уже человечище!

Рита говорила о том, какие же мы с ней счастливые.

— У нас потрясающие романы! — улыбалась она, разглядывая свой незаметно беременный живот в дверце холодильника.

— Только мой роман женат. — Я выступала в роли скептика.

— Временно, — уверенно возражала моя подруга.

— А твой до сих пор не делает тебе предложение.

— Тоже временно. Зато он мне купил витамины для беременных и дал машину с водителем. Чтоб меня в троллейбусах не толкали.

— Кстати, о водителе! Который час?

Рита выглянула в окно.

— Приехал!

Мы вышли из подъезда вместе. Две одинаковые черные машины ждали нас с распахнутыми дверцами. Как в голливудских фильмах.

В окно на нас смотрела Терминатор. И улыбалась.

Была самая настоящая весна.

Водитель крутил ручку радио.

Я загадала: «Как ко мне относится Влад?»

По радио на «Милицейской волне» была реклама. И сразу после нее: «Я люблю тебя до слез! Лепестками белых роз...»

Последний раз я так разволновалась в первом классе, когда стояла на линейке с огромным букетом гладиолусов и мне казалось, что из-за этих гладиолусов меня не видно.

Секретарша встретила меня улыбкой, которая означала «Не думайте, что я не знаю, какие у вас отношения». Хотя, наверное, мне показалось.

— Живы? — Я кивнула на аквариум.

— В этом кабинете есть только одна жертва — это я! — пафосно произнес Влад. — А эти еще нас с тобой переживут.

Как-то само собой получилось, что мы начали целоваться.

И если бы я не проявила твердость, все остальное тоже получилось бы само собой.

— Влад, давай заниматься!

— Чем? Сексом?

— Нет.

— Какая же ты вредная!

— Нет, не я. Знаешь, как ты в моем телефоне записан? «Вредина».

— Правда? Покажи!

Мы решили поменять надпись.

— Как ты хочешь, чтобы я тебя записала?

— Запиши, как ты сама хочешь!

Я задумалась. Стерла «Вредина» и написала «Тот, кто лучше всех целуется».

— Длинно, но точно, — похвалил Влад. Он набрал мой номер. На экране высветилось «Тот, кто лучше...»

— Отлично. Прямо в точку!

— Теперь занимаемся. Повторяй за мной правильно: «Подождем — под дождем, вас беречь — вас сберечь, намылить — нам мылить...»

Влад пригласил меня на ужин. Романтический ужин вдвоем, при свечах, о котором я мечтала.

Мы поехали в ту самую гостиницу на Тверской. Несмотря на начинающуюся весну, швейцар еще не снял шубу. Он распахнул передо мной дверь широким жестом. И улыбнулся мне.

Свечей не было. Ужин был. Вкусный.

Влад рассказывал про то, как сам стал зарабатывать деньги. Он начал свою карьеру в конце 1980-х, когда возил в Китай живых пекинесов. Чтобы их ели. А из Китая — плюшевых. Отличный был бизнес. Про то, что это было смыслом его жизни, единственной ценностью. Про то, как все поменялось через несколько лет. Как захотелось других ценностей. Про семью, отношения в которой оказались безвозвратно разрушенными. Семью, в которой каждый живет своей жизнью. И в этой собственной жизни нет места тому, кто рядом. Про то, что у Лады не может быть детей, про ее любовников, пристрастие то к наркотикам, то к алкоголю...

Мы пили белое вино, и я думала о том, как бы мне самой не спиться.

— А депутатство? Зачем тебе это?

— Надо же куда-то двигаться! Представляешь, как интересно: взять никому не известного человека, но с громкой фамилией, на ровном месте создать партию и заставить всех поверить в то, что все это что-то значит!

— Это движение вперед?

— Это огромные перспективы для манипулирования. Что может быть интересней, чем манипулировать людьми? Огромными массами?!

— Да, — я сделала еще глоток вина. — Ты точно станешь депутатом.

— Точно, — уверенно кивнул Влад.

Мы остались на ночь в президентском номере. В этом номере уместилось бы несколько моих квартир.

И там были свечи.

— Я хочу что-нибудь для тебя сделать, — сказал Влад утром, когда мы завтракали.

Официант в черном костюме закатил нам в номер круглый стол с белоснежной скатертью. Моя любимая яичница.

— Что ты хочешь?

Я пожала плечами.

— Не знаю.

Влад ни разу не подарил мне цветы.

— Если бы не работа, можно было бы в Куршевель, на лыжах покататься съездить, — вздохнул Влад.

— Я не умею.

— Ерунда. Научилась бы. Ну ладно — что-нибудь придумаем.

Мы завезли Влада домой и, прежде чем он вышел, долго целовались в машине.

Не успела за ним захлопнуться дверь подъезда, как я отправила ему sms: «Без боя — без сбоя, Гале — к Гале».

Через минуту я получила ответ: «Какая Галя? Теперь только Даша».

Я была готова начать скучать по Владу сразу же, как только попала домой. Но меня встретила голодная и злая Терминатор. Я даже не знала, что сделать сначала: дать ей поесть или пойти гулять. Терминатор все решила сама. Она стояла над своей миской, выла, скулила и бросала на меня злобные взгляды. Рядом лежал растерзанный тапок. Ритин. Ура.

9

Секретарша улыбнулась

улыбкой № 3:

«Не думайте, что я не знаю,

что происходит»

Мы встречались с Владом каждый день. Иногда оставались в гостинице «Палас-отель». Швейцар, который поменял шубу на прозаичный камзол, начал со мной здороваться.

В Международный день борьбы за ликвидацию расовой дискриминации, объединенный со Всемирным днем Земли, сдохла белая акула в аквариуме Влада.

Влад задумчиво смотрел на ее запутавшийся в водорослях труп. Секретарша суетилась рядом.

— Она умерла от одиночества, — объявила я.

— Возможно... — согласился Влад.

Разноцветные рыбки сбились в кучу в углу аквариума. Не удивлюсь, если они скорбели.

Лада появилась внезапно. Первая моя мысль была о том, что сентиментальный Влад пригласил ее на похороны.

Она бросила взгляд на наши фигуры, склонившиеся над аквариумом, и весело улыбнулась.

— Ну что, все ждете, когда эта тварь рыб сожрет? — спросила она вместо приветствия.

Влад отвернулся и пошел к своему столу.

— Акула умерла, — очень сдержанно, как и подобает в таких случаях, произнесла секретарша.

— Да ладно? — Лада расхохоталась. — Эти малявки ее сделали? И вас тоже?

— Успокойся! — бросил Влад.

— Что делать с трупом? — спросила секретарша.

— Выбросите! Трупы здесь никого не интересуют! — распорядилась Лада.

— Может, ты заедешь попозже? — спросил Влад. — Я сейчас немного занят.

— Попозже буду занята я. — Лада села к столу и закурила сигарету.

— Да? Чем же это? — Влад улыбнулся.

— У меня дела! Могут быть у меня дела?

Я села на маленький диванчик у входа. Я чувствовала, что Влад предпочел бы, чтобы я вышла. Но я решила остаться.

— Конечно, могут. Маникюр?

— Нет, массаж!

— А...

— А твои дела на диване! Как всегда! — Лада бросила на меня презрительный взгляд.

— Лада, ты немного выпила, я думаю, тебе лучше поехать домой.

— А тебе куда лучше поехать? И с кем на этот раз? А?!

Я вышла. И плотно закрыла за собой дверь. Секретарша улыбнулась улыбкой номер три: «Не думайте, что я не знаю, что происходит».

Я ушла совсем.

Мы встретились с Ритой в кофейне на Пушкинской.

— Эта была сцена ревности, — решила Рита.

Мне хотелось плакать. Как Влад умудрился сделать так, что на весь этот месяц я совершенно забыла о его жене?

— Но он сказал, что у них уже нет никаких отношений... — Я возражала просто так. Чтобы что-нибудь говорить.

— А она, наверное, так не считает.

— Это так мерзко. Я чувствовала себя там... ну, знаешь кем?..

— Я придумала! — воскликнула моя подруга, чуть не уронив чашку с капучино.

— Что? — прошептала я. Я очень боялась расплакаться прямо здесь.

— Сколько у тебя денег? Тебе Влад за сколько времени заплатил?

— Он мне каждую неделю платит. Там больше двух тысяч долларов.

— И у меня кое-что есть, — Рита хитро подмигнула мне. — Костя подкинул.

Я не понимала, к чему она клонит.

— Берем деньги и едем их тратить! На наряды и на все, чего захотим! А? Как тебе моя идея?! — Рита просто вся светилась радостью.

— Потратить все деньги? — удивилась я.

— Ну, не все. Но, по крайней мере, накупить себе кучу нарядов! А! Здорово же, Даш?!

— Ну, не знаю...

— Потрясающих нарядов! Самых лучших! И чтоб все эти девицы нам завидовали! А?

— Я думала, что эти деньги...

— Даш, кто из нас беременная? У меня могут быть капризы? Ты можешь сделать это для меня? И в следующий раз Лада не просто не поздоровается с тобой, а замрет в изумлении! И удалится молча, с комплексом неполноценности.

Трудно было представить себе Ладу с комплексом неполноценности. Да мне это и не нужно было.

Не знаю, как это получилось, но мне действительно захотелось пойти и потратить все деньги. Купить целую кучу красивых вещей и потом весь вечер мерить их и развешивать в гардеробе.

Мы заехали за деньгами домой.

— И Терминатору комбинезончик! — скомандовала Рита.

— И можно новый ошейник! — предложила я.

Решили отправиться в Третьяковский проезд. Влад тогда сказал, что это место — мечта всех модных девушек. Чем мы хуже?

Мы ехали на заднем сиденье Ритиной машины, когда позвонил Влад.

— Ты где? — спросил он. Очень нежно.

— По магазинам, — ответила я. — Мы с Ритой решили, что нам нужно купить что-нибудь из одежды. Или... не знаю... обувь...

— Да? — Влад был очень удивлен.

— Ну да. А что?

— Нет, ничего... Конечно... Тебе деньги нужны?

— Деньги? — В моем голосе было нарочитое презрение. — У меня есть.

Я немного помолчала и решила добавить все-таки:

— Спасибо.

— Позвонишь, когда освободишься?

— Конечно! — Я улыбнулась. Шикарно оденусь и встречусь с ним. — Позвоню.

Мы зашли в тот же магазин, в котором я была с Владом.

Рита мучила продавщицу вопросом: «Что мне можно носить, когда появится животик?» А я мерила то, что казалось мне симпатичным. Симпатичным мне казалось почти все.

Продавщица бегала вокруг меня, расточая улыбки и комплименты. Оказывается, у меня фигура, на которую все идет. К каждому костюму мы подбирали сумочки, или платки, или бусы. Часа через два я испугалась, что может не хватить денег, и решила остановиться.

— Значит, что мы оставляем из этого? — Продавщица держала в руках целый ворох одежды.

Я оставила два костюма, один свитер (из зимней коллекции, скидка 30%), две пары туфель, одну вечернюю сумку и одну на каждый день, шелковый платок, набор бижутерии из черных камней, смешную шапочку (тоже скидка 30%), двое колготок и одни чулки (никогда не носила — померяю).

Пока я стояла у кассы, Рита выбрала еще два платья.

— Хватит! — решила она. — Зайдем теперь вон в тот магазин, напротив.

— Вы будете в рублях платить? — вежливо поинтересовалась продавщица.

— В долларах! — гордо ответила я.

— Девять тысяч шестьсот сорок долларов.

У меня было две тысячи четыреста восемьдесят.

Наверное, так чувствуют себя немые. Хочешь что-то сказать, но не можешь.

Улыбающаяся Рита взяла меня за руку.

— Тебе записать или запомнишь? — спросила она меня и, не дожидаясь ответа, обратилась к продавщице: — Запишите ей цифру, пожалуйста. А то она забудет. И мы пришлем за всем этим водителя.

— Конечно, — улыбнулась продавщица. — На чье имя?

— Даша.

Моя подруга купила платье и просторный кардиган. За свои вещи она расплатилась с такой же лучезарной улыбкой, какой ее награждали продавщицы.

— Ты что, на ценники не смотрела? — прошептала Рита, когда мы вышли.

— Да я пробовала, но там столько цифр и все такие огромные... Я ничего не поняла...

Владу я звонить не стала. Зато Рита позвонила Косте и сказала, что на эту ночь она останется со мной.

Мы заехали в супермаркет. Купили Рите несколько видов соленых помидоров, Терминатору — новый ошейник и косточку, а мне — вареники с творогом. Я их очень люблю. Пока Рита выбирала зубную пасту, я купила еще пармскую ветчину и половинку небольшой дыни. Это меня Влад приучил есть ветчину с дыней. Совершенно необычный вкус.

Он во всех ресторанах заказывает это блюдо. «Потому что, — говорит он, — его испортить невозможно».

Странно было зайти в офис Влада и сказать «Привет!» вместо обычного «Живы?».

— Я принесла стихи. Тарковский. Знаешь?

Влад внимательно смотрел на меня. Не отвечая.

— Мало говорить правильно. Надо еще говорить от души. Тогда люди будут слышать. И слушать. И верить.

Я открыла книгу и положила ее на стол перед Владом.

— Ты ведь хочешь, чтобы тебе верили?

— Хочу. Но мне обычно верят. Потому что я никого не обманываю.

— Да?

— Да.

— Отлично. Прочитай, пожалуйста, это стихотворение. С интонацией. С чувством.

Влад взял книгу, улыбнулся и начал читать. Тихим голосом, явно стесняясь, как и все, кто не привык декламировать стихи вслух.

— Влад! Я не верю. Ты не переживаешь это. Это не от души, и поэтому мне не понятно, о чем ты хочешь сказать.

Свиданий наших каждое мгновенье
Мы праздновали, как богоявленье,
Одни на целом свете. Ты была
Смелей и легче птичьего крыла...

Я сделала ударение на словах «каждое мгновенье». Очень эмоционально прочитала следующее четверостишие:

По лестнице, как головокруженье,
Через ступень сбегала и вела
Сквозь влажную сирень в свои владенья
С той стороны зеркального стекла.

— Повтори, пожалуйста.

Влад повторил.

— Неплохо. Чувствуешь разницу?

— Я думаю, научить меня этому можешь только ты.

— В конце концов, за это ты мне и платишь.

Влад снова внимательно посмотрел на меня, вздохнул. Пробежал глазами строчки на соседней странице.

— Давай я другое прочитаю.

— Давай. Только от души.

Стихотворение не было про любовь, как я надеялась. Но прочел он его от души. Сочно, громко и очень красиво. Я верила каждому слову.

В лесу потерял я ружье,
Кусты разрывая плечами;
Глаза мне ночное зверье
Слепило своими свечами.

Лесник меня прячет в избе,
Сижу я за кружкою чая,
И кажется мне, что к себе
Попал я, по лесу блуждая...

— Даш, что случилось? — спросил Влад, как только закончил.

— Ничего. — Я пожала плечами. И даже улыбнулась.

Он подошел ко мне. Как всегда, немного приподнял мое лицо за подбородок. Чтобы я посмотрела на него.

— Это ничего не значит, понимаешь? Абсолютно ничего.

— Понимаю. — Я кивнула.

— Это моя жизнь. Она была у меня много лет. До тебя. Понимаешь? Нужно время. Мы со всем разберемся. Ты мне веришь? Или ты веришь только этим дурацким стихам?

Я молчала.

— Даша! — Он потянул меня за руку, я встала. — Ну, хочешь, я целый день буду тебе стихи читать? Хочешь?

Я хотела, чтобы он поцеловал меня. И он, конечно, поцеловал меня.

— Мир? — прошептал Влад мне в ухо.

— Мир. — Я кивнула.

— Ужинаем с шампанским?

Я снова кивнула.

— Тогда ты сейчас домой, и в семь я присылаю машину. Да?

— Нет. Сегодня пятница — мне надо в детдом. Я приеду прямо оттуда.

— Тогда бери машину с водителем себе. Он будет тебя возить. А я буду ему завидовать — он целый день с моей Дашей!

Это «моей» было очень приятно слышать. Еще какое-то время мы никак не могли расстаться.

— Ну что, — спросил Влад тоном капризного ребенка, — мне отменить совещание?

— Нет. — Я рассмеялась. — Иди и совещайся. А у меня тоже дела. Причем не маникюр.

Влад громко вздохнул и закатил глаза.

Я пожалела, что расстроила его. Вечно я все испорчу!

Водитель остановил машину около палатки с игрушками.

Я с удовольствием выбирала кукол, собачек, непонятных зверюшек, которые пищали, рычали и даже иногда разговаривали. Как приятно иметь деньги! Я купила голубого плюшевого мишку специально для мальчика Миши, которому нельзя сладкое.

Дети встретили меня восторженными криками. Занятия прошли легко и весело. Все старались заслужить игрушку. Кто-нибудь из детишек постоянно подходил, чтобы обнять меня. Перебивая друг друга, они выкрикивали пословицы и поговорки, которые в прошлый раз всего лишь застенчиво шептали. Даже маленький Миша отчетливо произнес: «Гуси-гуси: га-га-га». За это сразу же получил голубого медвежонка.

— А банан? — спросил он, крепко прижимая игрушку к груди.

— Разве тебе не нравится твой мишка?

— А банан? — На глазах у ребенка показались слезы.

Я обняла его.

— А бананы и конфеты я привезу через десять минут. Кто умеет считать до десяти?

Дети начали считать хором, перескакивая с трех на девять и с семи на два, а я уже мчалась по улице, высматривая магазин. Как хорошо, что у меня оказалась машина с водителем!

Я подъехала к «Палас-отелю» на несколько минут раньше. Швейцар поздоровался со мной. Влада еще не было. Я отправила ему sms: «Можешь не спешить. Подожду тебя еще часик».

Он прислал ответ: «Настоящая женщина! Моя!»

Я написала: «Не настоящая. Переделана. Но это мой секрет».

Его sms: «Развернулся и еду домой».

Мое: «Эй, я пошутила!»

Почти все столики были заняты. Причем девушками. Некоторые сидели по одной, некоторые — компанией. Почти все были в коротких юбках, декольтированных кофтах и с огромными губами, как у Лады и ее подруг.

К одной из них неуверенно подошел иностранец, она широким жестом пригласила его присесть. Через пару минут он заказал шампанское.

Проститутки, конечно. Я смотрела на них с любопытством, они на меня не смотрели вообще. «Хороший знак, — решила я, — значит, они меня не принимают за конкурентку».

Плохим знаком было то, что на меня смотрели мужчины за соседними столиками.

Я невероятно обрадовалась Владу. Даже краем глаза отследила произведенный эффект. Мужчины сразу потеряли ко мне интерес, зато декольтированные девушки оживились. Мне показалось, что одна из них даже подмигнула ему.

Почему я решила, что в этот раз Влад непременно приедет с цветами?

Без цветов, как всегда.

Мы заказали шампанское и очень много смеялись. Влад рассказывал анекдоты. И все время держал меня за руку. Мы сидели рядом. Мы изобрели «крокодильчика». Если я закрываю ладонью глаза Влада, он замирает. И ничего не говорит и не шевелится. «Так себя ведут крокодилы», — сказал Влад. Как только один из нас начинал говорить что-нибудь такое, что не нравилось другому, достаточно было протянуть ладонь, закрыть глаза и сказать: «Крокодильчик!»

— Останемся здесь? — спросил Влад, когда нам принесли счет. — Возьмем номер?

— Со мной швейцар здоровается, — вздохнула я.

— Ну и что? Здорово!

Я посмотрела Владу прямо в глаза.

— Но он так же здоровается со всеми этими девушками. Понимаешь?

Влад вздохнул. Мне показалось — раздраженно. Может, я дура?

— Хорошо, поехали. — Он резко встал.

— Поехали. — Я кивнула.

Я, наверное, уже пожалела, что так сказала. Но Влад ничего не пытался сделать. Он был расстроен.

Он молча довез меня до дома.

Я повернула к нему лицо.

— Пока?

Поцелуй получился какой-то странный, формальный, чужой.

— Пока.

Утром приехала Рита. Привезла новый ошейник Терминатору и пошла с ней гулять. Я смотрела на них в окно.

Терминатор прыгала на Риту, та закрывала руками живот и ругалась.

Снег уже совсем растаял. Сегодня был день перехода на летнее время.

Я подумала, что было бы хорошо иметь свой личный календарь: открываешь страничку, а там — «День перехода от плохого настроения к хорошему». И переходишь.

От тебя уже ничего не зависит. Потому что так написано в календаре, а написанное пером не вырубишь топором.

Костя хочет, чтобы Рита ушла с работы. Он считает, что она должна сидеть дома, есть витамины и слушать классическую музыку.

А Рита считает, что это глупо.

— Понимаешь, была бы я менеджером каким-нибудь — где угодно, хоть в «Лукойле» — пожалуйста! А здесь... просто глупо.

Рита доставала пальцами помидоры из банки и ела их целиком.

— Но ты можешь родить и вернуться, — предложила я.

— Вернуться? — воскликнула Рита. — Да это лучшая дизайн-студия в России! Туда таких желающих знаешь сколько?

— Сколько? — улыбнулась я.

— Да еще больше, чем тех, кто в очереди стоит, ждет, чтобы им дизайн сделали.

— Прямо в очереди, Рит?

— Конечно. — Помидоры в банке закончились. — Стройки свои замораживают и ждут. И не последние люди, я тебе скажу. Вот поинтересуйся, кстати, кто у Влада дизайнер? Наверняка, наша «Gempico».

Я пожала плечами. Достала из холодильника еще одну банку. Открыла и дала один помидор Терминатору.

— Не знаю... Рит, но они же тебя ценят?

— Ценят. — Рита довольно кивнула. — Но завтра появится новое молодое дарование — и...

— А Костя что говорит?

— Костя хочет, чтобы я дома сидела и щи варила.

— И что ты решишь?

— Не знаю, Даш... Но работу терять не хочу. Там такие люди... Одна француженка эта, Жоэль Плео, эта чего стоит!

— Красиво звучит.

— Под ее эскизами Лагерфельд подписывается!

— И что, Лагерфельд тебе важнее, чем Костя?

— Думаешь, бросить?

— Думаю, да. Рит, у тебя семья, понимаешь?

— Ты бы сама ни за что не бросила. А у меня еще не семья — предложение он мне до сих пор не сделал. Вот когда сделает, тогда и посмотрим.

Рита продемонстрировала мне салатовые ползунки с кошечкой. Сказала, что оставит их у меня. Потому что ей Костя не разрешает ничего покупать, говорит — примета плохая. Мы убрали их на антресоли. За то время, что Терминатор жила у нас, это было единственное место, куда ей ни разу не удалось добраться. Мы аккуратно положили туда ползунки и зайца, который раньше сидел в Ритиной комнате.

...на острове жила пальма. На пальме распустился цветочек. Из цветочек. Из цветочка выплыло облачко. На облачке была кожица. Кожица росла-росла...

и получился Миша

10

Влад не звонил.

Я слонялась по квартире, читала книги.

Ни разу не открыла диссертацию.

Много смотрела в окно.

Невозможно быть счастливой в этом мире. Даже в Международный день театра.

Невозможно удержать снежинку на ладони. Невозможно положить в карман солнечного зайчика.

Невозможно быть счастливой в этом мире. Даже в День защиты Земли.

В День смеха, объединенный почему-то с Международным днем птиц, я решила, что возможно. Я стерла в телефоне имя «Тот, кто лучше» и записала новое: «Забудь».

В квартиру ворвалась Рита и закричала с порога:

— Даша! У меня тройня!

Я вскочила с кровати, протирая глаза.

— Да ты что? А Костя знает?

Рита смотрела на меня и хохотала.

— Первое апреля — никому не верю!

— А я замуж за Влада выхожу. — Я обняла Риту и спрятала в ней лицо, чтобы она не видела моих смеющихся глаз.

— Да ты что? — повторила Рита с моей интонацией. — А он знает?

Мы смеялись и бросали друг в друга подушкой, пока Терминатор не перехватила ее и не превратила в миллион растерзанных поролоновых кусочков.

Среди всего этого веселья позвонил Влад. А я только недавно дала себе слово не ждать его звонка!

— Привет!

Как же я соскучилась по этому голосу! Завтра будет очень важное правительственное мероприятие. В честь чего, я прослушала. В программе — певцы, лучшие иностранные группы, какое-то шоу... Все это было мне не важно. «На президентском уровне», — сказал Влад. Как будто меня надо было уговаривать!

Влад хотел, чтобы я поехала с ним.

Мероприятие будут транслировать по всем каналам. И вся страна увидит, с кем приехал будущий депутат. С ней, с Дашей. То есть со мной.

— Ты должна быть у меня ровно в два, окей?

— Окей.

— Даш, я не смогу опоздать даже на минуту, понимаешь? Это личное приглашение президента.

— Он тебя сегодня пригласил?

— Нет, а что?

— Просто сегодня — первое апреля!

— Даш, посерьезней, пожалуйста, отнесись к правительственным мероприятиям. И скажи мне...

— Что?

— Соскучилась?

— Нет.

— Правильно. Я тоже. Поэтому и звоню.

— А два дня...

— А «крокодильчика»?

— Соскучилась.

— Соскучился.

В честь Дня смеха Рита устроила в Костиной квартире праздничный обед. Были я, Рита, Костя, Костин друг и его девушка. У нее были такие трогательно тонкие руки, что сразу хотелось похудеть килограммов на десять. Костин друг был француз. Именно он производил и продавал те пельмени и вареники, которые я так люблю.

— Странно, что русские пельмени делает иностранец, — удивилась я.

— Ничего странного. Зачем заставлять вас любить жареных лягушек, если можно продавать то, что вам и так нравится?

— Логично, — согласилась Рита.

— Все гениальное просто, — подытожил КБУ. Вернее, Костя.

На десерт был медовый торт. Я съела три огромных куска.

— Ну ты даешь, — похвалила я Риту.

Когда Рита жила со мной, даже яичница была для нее кулинарным шедевром.

— С ума сошла? — шепнула мне в ухо моя подруга. — Я готовый купила. Самодельный. Мне место одно подсказали, я водителя отправила.

— А я-то решила, что любовь творит чудеса.

— Какие чудеса, Даш? Я эту плиту до сих пор включать не умею. Посмотри, там даже конфорок нет! Двадцать первый век. Чудеса творит не любовь, а новые технологии.

На плите КБУ действительно не было конфорок. Сам виноват. Купил бы обычную кухню и не выпендривался. Тогда не пришлось бы готовые тортики есть. Знает ведь, что «все гениальное — просто».

Меня отвез Ритин водитель. Я так быстро привыкла к этому словосочетанию, что произносила его почти без запинки.

Я легла спать в приятном предвкушении завтрашнего дня.

Я люблю просыпаться от телефонного звонка. Сразу слышать чей-то голос. В такое утро никогда не забываешь, что тебе снилось. Разговор по телефону становится продолжением сна.

Не помню, снились ли мне кошмары в ту ночь. Наверное. Потому что с телефонным звонком они продолжились.

Рита. Она только что была у врача. Пришли результаты анализов, и врач диагностировал аномалии в развитии ребенка.

Предложил делать аборт. На решение у Риты было два дня. Через два дня заканчивался срок, когда беременность можно прервать.

— Он может быть дауном... — рыдала Рита в трубку, и слезы катились по моим щекам, солеными каплями падая мне на губы.

— Где ты? Я сейчас приеду.

Я надела спортивный костюм, кроссовки. Села на пол в прихожей, прислонившись к стене. Склизкое чувство беспомощности. Одна на огромной земле. Все остальное — придумано и неправда. Единственное, чем я могу помочь подруге, — быть рядом с ней.

Я поймала такси.

Рита сидела на бордюре клумбы, спрятав лицо в ладони.

Я обняла ее за плечи.

Я не знаю, сколько прошло времени. У нас было два дня. Мы должны были принять решение, и я чувствовала на себе ответственность за это.

Ничего не произойдет за два дня. Ребенок не станет нормальным. Просто будет решено: жить ему или умереть.

Я думала об этом, и у меня кружилась голова.

Невозможно всю жизнь быть мячиком, который отскакивает от стены. Стена — это реальность. Когда-нибудь обязательно в нее провалишься.

— Тебе надо сделать аборт, — говорю я.

— Я купила салатовую распашонку.

— Ты наденешь ее на своего следующего ребенка.

— У твоей Лады следующего ребенка никогда не будет.

— Рита! Ты представляешь, что это такое?

— Я представляю! — кричит Рита. — Знаешь, как представляю! У меня в животе — урод!

Она рыдает. Я обнимаю ее.

Звонит Влад.

— Не говори ему, — просит Рита шепотом.

— Влад, я не смогу приехать.

Он кричит на другом конце трубки.

— Я все равно уже опоздаю, я не дома.

Он первый раз кричит на меня.

Или мне это кажется?

— Я в спортивном костюме.

Он догадался спросить, что случилось.

— Случилось. Я не приеду. Извини.

Он говорит, что решит все мои проблемы. Что мне для этого только надо приехать!

— Не решишь.

Я вешаю трубку.

У Риты никогда не кончатся слезы. Интересно, существует определенный запас слез на всю жизнь? Надеюсь, что да. Значит, чем больше плачешь в юности, тем меньше будешь в старости. А еще есть некоторые младенцы, которые плачут постоянно. Есть надежда, что они выплачут слезы на всю жизнь вперед.

Наступил вечер. Ребенок все еще жил.

— Может, с Костей поговорить? — предложила Рита.

Так хочется переложить решение на других людей! Костя ведь умный. И взрослый.

— Нет. Ты должна сама сначала решить. Для себя. Понимаешь?

Рита осталась ночевать со мной. Костя звонил каждые полчаса и спрашивал, что происходит. И интересовался, не нужна ли мне помощь. Мне? Нужна. Но еще Рите. И тебе. Всем.

Я укрыла подругу одеялом и не ушла, пока лицо ее во сне не разгладилось и дыхание не стало ровным. Как у ребенка. У ее ребенка.

Я не могла заснуть. Я приняла теплую ванну и не могла заснуть все равно. Я выпила чай с мятой и лежала в темноте, рассматривая невидимый потолок.

Попробовала читать.

Пошла на цыпочках, проведала Риту.

Включила телевизор.

Не поверила своим глазам. Подумала, что разучилась понимать смысл слов. Как будто вдруг оступилась... Провалилась в кошмар...

Случайно. Но — навсегда.

Это были новости. Репортаж со вчерашних празднований. И — как главное событие — покушение на Влада. Его машина обстреляна по пути следования. Он не пострадал. Убита девушка, которая сидела рядом. Двумя выстрелами. Я чувствовала их почти физически. Один — в плечо, другой — в голову. Работа профессионалов.

— Предвыборная кампания началась, — бодро объявил диктор. — Конкуренты пытаются ликвидировать наиболее сильные фигуры политической игры.

В правом углу экрана — фотография девушки. Я запомнила имя: Лена.

Я должна чувствовать себя виноватой перед ней?

Или я виновата перед кем-то другим? Почему? Почему все это происходит со мной?

Я накрылась одеялом с головой. Не верилось, что весь остальной город сейчас спал.

Конечно, спал. Он объединился против меня и теперь спокойно набирался сил. Чтобы проснуться и нанести очередной удар. И я снова буду к нему не готова.

Я решила ничего не говорить Рите. Про покушение, про то, что я могла быть на месте Лены.

Мне спасло жизнь то, что ребенок Риты оказался больным. И теперь я должна уговорить подругу убить человечка, благодаря которому я сама живу.

Я повезла Риту в детский дом.

Я взяла с нее слово ни в коем случае не плакать. А даже наоборот — шутить и смеяться.

Она заглядывала в глаза каждому ребенку. Она честно старалась улыбаться.

В каждом мальчике она видела своего сына. И чем заметнее была задержка в развитии ребенка, тем крепче она его обнимала. И тем громче смеялась, жонглируя двумя маленькими резиновыми мячиками.

Рита почему-то была уверена в том, что у нее — мальчик. Потому что мальчики сильнее. А ее мальчику сила очень потребуется.

Маленький Миша проводил нас до самой двери. Он рассказал нам историю своего появления на свет. На острове жила пальма. На пальме распустился цветочек. Из цветочка выплыло облачко. На облачке была кожица. Кожица росла-росла, и получился Миша.

Рита не сказала ни слова, пока мы не вышли на улицу.

Я взяла ее за руку и готова была говорить и говорить о том, что жизнь длинная и не может быть все время плохо, что...

— Где мой «мерседес»? — спросила Рита и мягко убрала свою руку из моей. После ободранных стульев детского дома кожаное сиденье Ритиной машины казалось ненастоящим.

— Я буду рожать этого ребенка, — сказала Рита очень просто.

Она не смотрела на меня.

Она повернула голову к окну и улыбалась себе улыбкой, похожей на молитву.

Снег таял на лобовом стекле и был похож на дождь. А весна была совсем на весну не похожа.

Она отвезла меня домой и поехала к Косте. Я забралась в кровать, держа в руке телефонную трубку. Терминатор прыгнула мне на колени и сделала вид, что заснула. Кончик моего ремня она крепко зажала в своей пасти.

Телефон долго не отвечал.

— Влад... — выдохнула я в трубку, услышав его «алло».

— Мы, наверное, пока не сможем заниматься, — сказал Влад.

— Заниматься? — переспросила я.

— Ну да. Ты ведь знаешь, что произошло.

— Знаю. А ты как? — Трудно было представить, как чувствует себя человек, в которого недавно стреляли.

— Я? Плохо. Из-за меня погибла девушка. Уж лучше бы это был я.

Нет. Это невозможно даже представить себе.

— Сколько ей было лет?

— Девятнадцать.

Я всего на несколько лет ее старше.

— Влад, давай увидимся?

Я задержала дыхание, пока он не ответил.

— Я не могу сейчас, Даш. Но мы обязательно увидимся. Ладно? Ты не скучай.

— Ты сам, главное, не скучай.

Он рассмеялся:

— А вот я как раз буду.

— Ладно. Только не сильно.

— Ты все такая же вредина.

И ты все такой же. И твой голос. И ничего не изменилось. Только то, что мне хочется к тебе еще больше. И больше мне не хочется ничего.

— Ну, пока.

— Пока, Даш. Будет скучно — звони.

— А ты звони мне не когда скучно, а когда захочется мне позвонить.

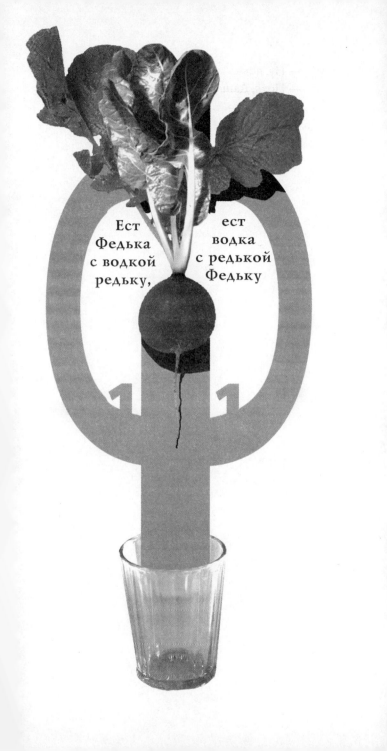

Я решила заняться диссертацией. Невозможно было думать о том, что Влад отказался встретиться со мной. Я жалела, что ему это предложила. Неужели нельзя было удержаться?

Почему он не хочет меня видеть?

Конечно, ему не до меня. Его хотели убить. И у него предвыборная кампания. А вдруг он станет президентом? И я вот так запросто предложу ему: «Давай увидимся?» Или, когда он станет президентом, я буду звонить ему и сообщать о том, что ужин у нас сегодня в девять. А наш сын получил тройку. Интересно, а где учатся дети президентов? И почему это мой сын должен быть троечником?

Я писала диссертацию целый день и целую ночь.

В записной книжке моего телефона я дала Владу новое имя: «Моя любовь».

Я заснула в семь утра.

В час позвонила Рита. Из роддома. Она только что очнулась после наркоза. Ей сделали аборт.

— Знаешь, как называется это место? — спросила она слабым голосом. — Думаешь, роддом? Нет. Это называется абортарий. Представляешь? Я когда прочитала, чуть с ума не сошла.

— Как ты себя чувствуешь?

— Он принес мне цветы. — Рита проговорила это шепотом, очень тихо.

— Кто? — не поняла я.

— Костя. Представляешь? Цветы приносят женам, когда они рожают, а он принес их мне. В абортарий.

Я поняла, почему она шептала. Так проще сдерживать рыдания. Так почти не дрожит голос.

— Рит, он хотел как лучше.

— Кому? Нашему ребенку?

— Это уже случилось. Давай без истерик. Просто возьми себя в руки.

Костя не хотел и слышать о том, чтобы родить неполноценного ребенка. Они спорили целую ночь. Рита сдалась после того, как Костя начал собирать ее вещи. Чтобы вернуть их в нашу квартиру. Вместе с Ритой. На метро. И он обещал, что она больше никогда его не увидит. Костя производил впечатление человека, которому можно верить. Рита поверила.

Он забрал ее из роддома вечером. Цветы она оставила в палате.

Они поехали в церковь. Поставили свечки за упокой. Рита хотела написать записку, чтобы по ребенку отслужили панихиду. В записке надо было писать имя. Рита назвала своего сына Петей.

У Кости она открыла бутылку шампанского. И позвонила мне.

— Даша, будь другом — загляни в календарь. Сегодня какой праздник?

В этот день император Павел издал указ о престолонаследии. Трон наследовал старший сын.

142

— Ты удивишься, но сегодня нет никакого праздника. — Я постаралась ответить максимально бодро.

Рита, наоборот, помрачнела.

— А в честь чего тогда шампанское? И цветы?

— Завтра — Вербное воскресенье.

— Ну, слава богу. А то я без праздников долго не могу.

Я писала диссертацию еще два дня. На третий я позвонила Владу.

— Мне скучно, и я звоню.

— А правильно «скучно» или «скушно»?

— Правильно не бросать девушек на несколько дней.

— И много их, девушек?

— Думаю, что много. Но меня интересует одна-единственная.

— Меня она тоже интересует. Ты о Юльке из соседнего подъезда?

— Нет, я о Кольке из квартиры напротив.

— Ты, Даш, ветреная какая-то!

У него было явно хорошее настроение. Может, предложить пойти поужинать? Или пригласить в гости? Накрыть стол, зажечь свечи?

— Ну, что ты будешь делать сегодня вечером? — спросила я, медленно начиная себя ненавидеть.

— Скучать по тебе. На тысяче дурацких встреч, которые мне предстоят.

Все равно хорошо, что позвонила. Так здорово поболтали. И посмеялись. Просто надо было первой закончить разговор. Сказать, что у меня молоко убежало. Или что-нибудь в этом роде.

Вечером за мной заехала Рита. Она хорошо выглядела, была отлично одета, и синяки под глазами почти не были заметны.

— Как диссертация? — поинтересовалась она, обходя всю квартиру и дотрагиваясь пальцами до вещей. Словно, давно их не видев, хотела удостовериться в том, что они не изменились на ощупь. Стены, комоды, рамки с фотографиями.

— Нормально. Скоро допишу.

— А хочешь, я Терминатора заберу?

— Нет! — Я даже испугалась.

— А вдруг она сожрет твою диссертацию?

— А я ее убираю, когда ухожу. К тому же в последнее время она уничтожает исключительно твои вещи.

— Вредительница.

— Просто она по тебе скучает.

— Ладно, куплю ей комбинезончик.

Терминатор положила морду в пустую миску и улыбалась, глядя на нас.

Рита повезла меня в ресторан. В один из тех, где мы бывали с Владом.

Она заказала столик заранее, и нас встретили широкими радостными улыбками. Я давно поняла, что не стоит даже пытаться так же улыбаться в ответ.

Я, как всегда, заказала дыню с ветчиной. Рита — каре ягненка. И вино.

— А что такое «каре»? — поинтересовалась я.

— Самой интересно. Сейчас посмотрим.

За соседним столом девушка с молодым человеком кивнули Рите. Она улыбнулась им в ответ.

— Знакомые. Костины, — пояснила она небрежно.

Официант с сережкой в ухе принес наш заказ. Каре ягненка ничем не отличалось от куска ягненка.

На улице погас фонарь.

Прохожие заглядывали в окна ресторана с одинаковым равнодушием.

Вино было кислым.

— Надо на курсы пойти, — вздохнула моя подруга. — Знаешь, такие курсы специальные есть. Все девочки ходят. Чтобы в вине разбираться.

— Здорово.

— Я знаешь что хотела тебе рассказать?

Почему-то сразу понимаешь, когда речь пойдет о тебе.

— Что?

— Костя раньше с этой девушкой встречался.

— С какой?

— Которую убили. Когда во Влада твоего стреляли. Ее Лена зовут.

— Да ты что?

Я ведь так и не рассказала Рите про покушение.

Ей рассказал Костя.

— Он даже на похороны ездил. Там родители крутые. Папа вроде какой-то мультик.

— Кто?

— Мультик, — Рита рассмеялась. — Мультимиллионер, значит.

— Мультик?

— Ага. А она у них единственная дочка. Костя говорит, он на могиле клялся, что отомстит.

— Бедные.

— Она независимой хотела быть. Вообще у папы денег не брала. Училась на отделении PR и маркетинга. И у Влада твоего занималась связями с общественностью — что-то там с предвыборной агитацией связано. Наверное, он ее поэтому и взял с собой.

— Не поэтому, — тихо сказала я.

— А почему?

— Потому что я не поехала. Я с тобой была. Помнишь?

Моя подруга беззвучно ахнула:

— Дашка, но это ведь могла быть...

Я кивнула.

— Видишь, ты меня спасла. Просто так ничего не бывает.

Ресторан был полон. За столы приходили и садились девушки с огромными губами и мужчины в джинсах или костюмах. Где-то вот точно так же сейчас сидел Влад. И, не зная его, никто бы не подумал, что это сидит человек, которого очень хотят убить. Человек, в которого снайпер направил две пули.

Я вглядывалась в лица своих соседей. И пыталась представить, какие чувства скрываются за этим веселым смехом. От чего замирают сердца под этими отглаженными рубашками?

— Поехали? — попросила Рита. — Мне сегодня Костя обещал пораньше дома быть.

— Поехали. — Я кивнула.

— Может, предложение сделает?

Я улыбнулась:

— Ты сразу согласишься?

— Нет. Минуту подумаю.

— Обещай мне, что по крайней мере не меньше тридцати секунд.

— Не меньше пятнадцати. Обещаю.

Рита дала на чай пятьсот рублей.

— С ума сошла? Так много! — возмутилась я.

— Приятно же, когда тебе люди улыбаются, — объяснила моя подруга.

— Приятно. Но не за деньги же.

— За отношение. А деньги — это лакмусовая бумажка. Показывают, насколько отношения тебе дороги.

— Тебе они действительно дороги, — я кивнула на купюру.

Рита вздохнула:

— Ты знаешь, чем больше у тебя денег, тем дороже тебе обходятся отношения.

— Я так думаю, эти сентенции принадлежат Косте.

— Права, как всегда.

Официант проводил нас с широкой улыбкой. И такой же улыбкой нас наградили хостес на выходе.

— Наверное, с ними официанты чаевыми делятся, — решила Рита.

Позвонил Влад и пригласил меня завтра на ужин.

— Пожалуйста, ничего не ешь целый день, — попросил он.

— Почему это, интересно?

— Я хочу, чтобы ты была о-очень голодная!

Даже Терминатор не испортила мне настроение, когда улеглась в лужу и принялась резвиться там, как поросенок в мультфильме. Причем она проделала это в каждой луже рядом с нашим подъездом.

Мылась она с меньшим энтузиазмом.

Говорят, что душа на ночь отделяется от тела и путешествует по параллельным мирам.

Моя в эту ночь точно путешествовала. Потому что утром мне пришлось словно заново прилаживать ее к себе. Как новый костюм. Я пробовала перед зеркалом улыбку, как будто искала ее. Походку, поворот головы. Взгляд. Этот — не мой. А вот этот — мой. И чуть-чуть прищуриться.

Я готовилась к свиданию с Владом. Этому был посвящен весь мой день.

Ужасно нерационально, но очень приятно.

Я даже не вспомню, что делала.

Водитель привез меня в «Палас-отель». Я была рада, увидев знакомое лицо швейцара.

Влад уже ждал меня.

Он встал мне навстречу, и я обняла его, целуя.

— Вижу, что соскучилась, — улыбнулся он.

Мне было хорошо с ним. Как будто долго-долго плыл до берега и теперь с наслаждением растянулся на теплом песочке. И солнце всюду. Хотя оно и одно.

Мы остались в президентском номере. Влад всю ночь обнимал меня. А я боялась пошевелиться, чтобы не разбудить его.

Я не привыкла спать в обнимку. Я привыкла спать одна. И поэтому с Владом я не спала. Я лежала с открытыми глазами и думала о том, что я бесконечно люблю его.

Конечно, я могла отодвинуться на край кровати, укрыться вторым одеялом... Я не шевелилась. Влад уютно сопел мне в ухо, а я улыбалась его снам. Может, они обо мне? Или о нас?

Я заснула на рассвете. Как раз тогда, когда Влад начал храпеть. Немножко.

— Эй, соня! Что ты будешь на завтрак?

Я открыла глаза. Вернее, я улыбнулась, а потом открыла глаза. А потом проснулась.

— Я — не Соня.

— Ах да, Соня — блондинка, а ты — брюнетка, значит, ты — Даша. Угадал?

Я бросила в него подушку. Не попала.

Он поднял ее с пола и бросил в меня. Попал.

— Больно же! — закричала я.

— Бедная девочка, давай я тебя пожалею...

Мне на завтрак был его поцелуй.

Мы остались в номере до обеда.

Мы хором скандировали: «Ест Федька с водкой редьку, ест водка с редькой Федьку».

Эту поговорку Влад нашел сам.

— Это мой тебе подарок, — объявил он. — Пользуйся.

Я сделала вид, что слышу ее в первый раз.

— Спасибо. Это лучший подарок в моей жизни.

— После моего волка, конечно? — хитро улыбнулся Влад.

— Конечно, — согласилась я. И это была чистая правда.

Когда мы уезжали, Влад спросил, есть ли у меня деньги.

— Есть. — Я кивнула. — Ты же мне платил.

— Точно! Даш, получается, ты сегодня в первый раз со мной бесплатно?

Я хотела рассмеяться, но почему-то покраснела. Влад пришел от этого в восторг.

— Ничего себе, Даша! Как это у тебя так здорово краснеть получается? Не научишь?

Я долго держала его за руку около машины. И потом еще долго жалела, что отпустила ее.

Любовь Макаровна, как всегда, говорила громко и язвительно. Она поднимала на лоб свои очки и вглядывалась в лицо собеседника так, что ему сразу становилось ясно: эта дама его в упор не видит. Потом она делала собеседнику замечания по поводу дикции и фонетики. Если замечания игнорировались, она просто вставала и уходила. На ходу попрощавшись. Свою фразу бедолаге приходилось договаривать, обращаясь к двери.

В институте не было ни одного студента, который бы решился зайти к ней в аудиторию со жвачкой. К ней вообще никто никогда не заходил, если она сама не вызывала.

Считалось, что меня Любовь Макаровна любит. Поэтому не было ничего странного в том, что она решила побеседовать со мной о моей диссертации.

Тема — «Техника сценической речи».

Оказывается, Любовь Макаровна говорила о моей работе со своими коллегами из Лондонской театральной школы. И они действительно заинтересовались некоторыми методиками, которые я разрабатывала. Эти методики основаны на работах английского философа Френсиса Бэкона, впервые обратившего внимание на внутренние, субъективные влияния, искажающие мышление человека. Он назвал эти влияния обманчивыми призраками истины, что, в свою очередь, в ораторском искусстве приводит к софистике, крайне опасной для восприятия речи оратора. В своей работе я доказываю, что логика — это кратчайший путь к тому, чтобы вызвать доверие к своим мыслям, а значит, и к словам.

— Ну что, моя дорогая, — Любовь Макаровна приподняла очки над бровями, — вас ждет успех на английской земле. Готовы?

— К земле? — Я улыбнулась.

— Ну, к земле вам еще рано готовиться. Так же как и мне, впрочем. — Она опустила очки на нос. — В Лондон поедете? На два года.

— В Лондон? — Я даже испугалась. Перед глазами возникла картина красного двухэтажного автобуса и вспомнилась фраза из школьного урока «Trafalgar square».

— В Лондон. В Лондон. Не в Урюпинск же!

— Спасибо, Любовь Макаровна, — спохватилась я. Никогда не умею вовремя сказать спасибо. Иногда уже дверь за собой закрываю и думаю: «Ну что же я спасибо не сказала и не улыбнулась? Такие ведь приятные люди...»

— В общем, думайте.

Моя преподавательница сняла очки, покрутила их в руке за дужку (я даже испугалась, что вылетят стекла) и мечтательно улыбнулась:

— А я бы, может, и рванула... да...

Она снова вернула очки на место — себе на нос.

— Но вам сейчас непонятно что надо. До свидания, Даша.

— До свидания. Я тогда позвоню, да?

— Тогда позвони! — Любовь Макаровна сделала ударение на слове «тогда», давая мне понять нелепость этой фразы.

Здорово было бы поехать в Лондон. И все это вранье, что там постоянные туманы. Климат получше нашего. Рита бы ко мне прилетала... А Влад?.. А Терминатор, в конце концов?

Я ведь там совсем никого не знаю.

Я отправила Владу sms: «Мне предложили работу в Лондоне».

Получила ответ: «Здорово».

Отправила еще одно: «Мне соглашаться?»

Где-то в области живота почувствовала, что сейчас у меня может испортиться настроение. Или это в области сердца?

Ответ: «Ни в коем случае!»

Я люблю мир! И жизнь. И всех прохожих вокруг меня. И всех, кто проходит не здесь. Я улыбаюсь каждому и получаю улыбки в ответ. Пусть уже за спиной, и я их не вижу, но это не важно. Я знаю, что они есть.

Как было бы здорово работать продавщицей в цветочном киоске! Иногда я бы дарила прохожим цветы просто так. Или всегда.

Отправила sms: «Что вечером?»

Хорошее изобретение — sms.

Ответ: «Дела, как всегда. Скучаю».

Я убрала телефон в карман.

Влад смотрел на меня с первых полос газет, вывешенных в витрине журнального киоска. Конечно, он потрясающе красивый. И после покушения он стал очень популярной персоной в средствах массовой информации.

Может, и вправду когда-нибудь президентом будет?

Королева Марго

12

В яхт-клуб
только
с женами

Костя сделал Рите предложение. Она не думала и секунды. Ответила: да. Он подарил ей кольцо. С бриллиантом. Graff — сказала Рита. И еще по одному «Графу» в каждое ухо на свадьбу!

Помолвку назначили на 28 апреля. Как объяснила Рита, чтобы не смешивать праздники. Потому что в субботу 29-го и так был Международный день танца, а в воскресенье — День работников пожарной охраны.

Торжественная церемония помолвки состоялась за городом, в яхт-клубе. Был накрыт стол-фуршет, официанты плавно перемещались с подносами; гости в количестве человек тридцати разместились небольшими группками по всему залу ресторана.

Стеклянные двери на террасу были открыты; глаза слепило уже почти летнее солнце; приглашенные музыканты играли негромко, но выразительно; Рита была счастлива.

Я была счастлива за Риту.

Она переходила от одного гостя к другому, заразительно смеялась и без малейшего смущения рассказывала историю своего интернет-знакомства с Костей.

«Граф» на ее пальце сверкал миллионом солнечных зайчиков, и они весело прыгали по лицам гостей.

Мне портило настроение только то, что Влад не принял Ритино приглашение.

Я смотрела на окружающее его глазами и ни капли не сомневалась в том, что ему бы эта вечеринка понравилась.

Но у Влада «дела, как всегда».

Музыканты заиграли туш, и всех пригласили на улицу.

Остроносая, как утюг, белоснежная, как праздничная скатерть, грациозная, как спящая львица, прямо напротив входа была пришвартована Костина яхта.

И Костин сюрприз к этому дню — ее новое название. «Королева Марго».

Официанты громко открывали шампанское, Рита визжала от восторга.

— А он яхту на тебя переоформил? — спросила зеленоглазая девушка в огромных бриллиантовых сережках.

— Нет. — Рита пожала плечами.

Девушка недоуменно посмотрела на Риту, явно не понимая, чему же та радуется.

— Невероятное ощущение, — шепнула Рита мне в ухо. — Моим именем назван корабль!

— А если город, представляешь? — Мне самой было очень приятно смотреть на еще не высохшую надпись на боку яхты.

— Неплохая лодка, — похвалила зеленоглазая, болтая в стакане с виски лед, — метров двадцать пять?

— Наверняка, — авторитетно ответила Рита.

— Дай телефон, — попросила девушка.

Рита достала из кармана замшевой юбки свой новый мобильный телефон, но в ту же минуту его перехватила жена Костиного друга. Мы с Ритой видели их в ресторане. Ее звали Маша.

— Не давайте Жанке телефон! — категорично заявила она.

— Ну, Маш, что за бред! — возмутилась зеленоглазая Жанка. Ее сережки заколыхались в ушах, словно пучок новогодних колокольчиков.

— Да она сама просила, — объяснила нам Маша со смехом, — не давать ей телефон. А то она как выпьет, так начинает своему бывшему звонить и орать на него матом. Да еще угрожать.

Жанка обиженно смотрела на подругу. Рита послушно убрала телефон в карман.

— Да я только узнаю, один он или со своей шмарой, — тихо произнесла Жанка.

— А вот этого как раз тебе знать не надо, — сказала Маша и поправила у подруги локон, зацепившийся за сережку.

Жанка нашла глазами официанта с подносом и направилась к нему, поставив пустой бокал на первый попавшийся чужой стол.

Круглолицый пожилой мужчина, сидевший за этим столом с молоденькой белобрысой девушкой, проводил ее удивленным взглядом. Кивнул официанту, чтобы тот забрал бокал.

Маша улыбнулась ему с извиняющимся видом.

— Он бы еще девятиклассницу с собой привез, — проговорила она сквозь зубы.

— А как же «морской закон»? — спросила Рита.

— Что это за закон? — поинтересовалась я.

— В яхт-клуб только с женами, — пояснила Рита.

— Так это по выходным! — рассмеялась Маша. — По выходным — с женами, а в остальные дни — с кем хочешь.

— Здорово, — согласилась я. — Как, говорите, это называется?

— Морской закон. Чтобы любовницы с женами не сталкивались. В выходные ведь семейное время, все детишек на лодках катают.

Вечером был салют. А потом половина гостей разъехалась, а вторая половина погрузилась на яхту. Яхты здесь все называли лодками. И при входе на лодку снимали обувь. Очень смешно — в костюмах с засученными штанинами, в галстуках и босиком.

На лодке нам подносил напитки матрос в белых штанах и тельняшке. На тельняшке синими нитками было вышито «Королева Марго».

Рита так часто подзывала его к себе, чтобы лишний раз взглянуть на вышивку, что количество пустых стаканов из-под махито возле нас вместило бы половину всего алкоголя, выпитого на борту в этот вечер.

Мы долго не могли найти Жанку.

Она оказалась на автомобильной парковке.

Водитель серебристого BMW безучастно слушал Жанкины вопли. Это был ее BMW и ее водитель. В начале вечера она оставила ему телефон и просила не давать ей его ни при каких обстоятельствах.

Теперь, несмотря на угрозы своей хозяйки, он меланхолично разглядывал шины, а Жанка бесновалась вокруг.

Она называла его тупым идиотом и обещала завтра уволить.

Она разбила стакан с виски об асфальт.

Водитель невозмутимо собрал осколки.

Жанка категорически отказывалась подняться на лодку, понимая, что там шансов позвонить бывшему мужу у нее не будет.

Мы увели ее с применением силы.

Жанка плакала, а Рита гладила ее по голове.

Я попросила у матроса в тельняшке принести двойной виски со льдом.

Жанка выпила виски залпом и притихла.

Когда на палубе начались танцы, Жанка была самым активным участником.

— Все равно домой приедет и позвонит, — грустно вздохнула Маша, — а утром жалеть будет. И спрашивать, почему мы ее не отговорили.

— Может, ей виски побольше? — предложила я.

— Тогда она заснет сразу, — поддержала Рита, — или ей плохо станет и будет не до звонков.

— Вот и хорошо! — одобрила Маша и кивнула матросу.

Я отдала свой телефон Рите.

— Ты что, Даш? — удивилась моя подруга. — Тоже?

Я покачала головой. И подняла руку, чтобы мне принесли еще шампанского.

Я собиралась закончить диссертацию в течение недели. Максимум — двух.

Я позвонила Любови Макаровне, поблагодарила ее за заботу обо мне и отказалась от предложения поехать в Лондон.

— Замуж, что ль, собралась? — предположила Любовь Макаровна. — Муж не пускает, Даш?

Я пробормотала в трубку что-то невнятное.

— Смотри, мужчины самостоятельных любят и с карьерой. Сейчас все бросишь ради него, а потом будешь локти кусать!

— Да я не замуж...

— Так тем более! А если любит, то поймет. И дождется!

Когда Любовь Макаровна была чем-то недовольна, она переходила на «ты».

Сейчас она была недовольна моим решением.

А я слушала ее, и мне казалось, что я действительно собралась замуж. И муж не пускает меня в Лондон. И мне это было так приятно! И я совсем не считала его эгоистом. Главное ведь не где. Главное — с кем.

Влад не звонил. Я не звонила тоже.

Когда Рита появилась в дверях нашей квартиры с чемоданом, я почувствовала себя матерью, увидевшей дочь на пороге после долгой разлуки. Когда в первую секунду испытываешь радость и почти одновременно — тревогу. Что случилось?

— Я ушла от Кости, — объявила Рита.

Терминатор всем своим видом выражала восторг по поводу ее решения.

— Почему? — Я села на пол прямо в прихожей, опершись о стену.

Рита села напротив.

Терминатор возбужденно обнюхивала чемодан.

Рита подтолкнула к себе ногой сумочку и достала оттуда пачку «Мальборо».

— Рит, ты что? Куришь?

Она щелкнула золотой зажигалкой и с удовольствием затянулась.

— Я не могу, Даш. Мне все время Петя снится. И с каждым сном он растет. Сегодня ночью он пошел.

Рита посмотрела на меня и горько усмехнулась. Как будто пожалела меня за то, что увидела в моих глазах жалость.

— Так смешно пошел... Два шага сделал и упал. Представляешь?

Она затушила сигарету о подошву туфли.

— Ритка... — прошептала я.

— Я сойду с ума, — выдохнула Рита и отвернулась.

— Ты в церковь ходила?

— Ходила... Костя во всем виноват. Я же не хотела делать аборт, ты понимаешь?

— Рита, но ведь он был больной. Он бы мучился всю жизнь.

— Откуда ты знаешь? Ну откуда ты это можешь знать точно? Я вижу его каждую ночь. И он абсолютно здоров. У него волосы как у меня.

Рита не плакала.

Самое страшное одиночество, это когда даже не хочется плакать.

Когда даже не хочется, чтобы тебя жалели.

Когда понимаешь — есть ты и есть мир. И этот мир не с тобой. Ты — одна.

Ночью за Ритой примчался Костя. Они долго разговаривали на кухне. Под утро он уехал. Рита осталась.

Я вышла к ней и молча ее обняла.

— Влад не звонит? — спросила Рита.

— Нет.

— И как ты?

Я пожала плечами. Встала. Включила чайник. Достала из шкафчика чашки.

— Ты думаешь — позвонит? — не то спросила, не то просто сказала Рита.

— Не знаю.

— Ты ждешь?

— Жду. — Я посмотрела на подругу. В ее голубых глазах, как росинки на цветочном лепестке, выступили слезы. Одна упала. Рита дотронулась до нее пальцем. В уголке голубого лепестка появилась вторая.

Мне самой захотелось плакать.

Как раньше смешивали кровь, мы смешивали наши слезы. И становились еще роднее и еще ближе друг другу.

Под столом Терминатор грызла новую Ритину сумку.

Мы заснули в Ритиной кровати, все втроем, обнявшись.

Чёрный металлический таракан зашевелился, взял разгон и скрылся в гуще себе подобных

Влад позвонил однажды рано утром, и снова мой сон продолжился наяву.

— Поздравляю с Международным днем семьи! — бойко отрапортовал он, и я по инерции, спросонья, произнесла:

— Спасибо.

— Не за что. Подарки можно не дарить.

Я захихикала.

— А я уж испугался, что ты в Лондоне.

— Побежал билет покупать?

— Нет, просто побежал. Бежал, бежал — и вдруг думаю: а что, если ты не в Лондоне? А я, как дурак, бегу? И вот решил позвонить.

— Как твоя предвыборная кампания?

— Отлично. На меня восемьдесят семь тысяч ссылок в Интернете. Больше только у Мэрайи Кэрри.

— Ты уже начал петь?

— Нет. Пока я только научился говорить. И довольно неплохо. Благодаря тебе.

— Спасибо. Но ты еще не всегда следишь за собой. Тебе надо работать.

— Вот поэтому и звоню. Мой PR-директор говорит то же самое. Так что, Даш, как ты смотришь на перспективу поработать со мной еще?

Когда меня учили плавать, столкнув с лодки в воду посреди реки, мне точно так же не хватало воздуха, как и сейчас.

— Ну, если ты обещаешь стараться...

— Обещаю обещать тебе все, что ты захочешь. И кстати, знаешь что?

— Что?

— Я соскучился.

— А я, кстати, нет.

— Ты черствая и бессердечная.

— Выбирай выражения, а то увеличу свой гонорар.

— Ты самая сердечная и... черствый — свежий... самая свежая.

— То-то.

— Завтра в десять.

— Нет. В пять минут одиннадцатого.

— Отольются кошке мышкины слезки.

— Речисто, да не чисто.

— Целую.

— Пока.

Я открыла рот и визжала минуты три. Пока не кончился воздух.

В дверях стояла испуганная Рита.

За ней пряталась Терминатор.

— Влад позвонил? — догадалась моя подруга.

— Ага.

Следующие три минуты визжала Рита. Когда у нее заканчивался воздух, эстафету снова перехватывала я.

Терминатор злилась и лаяла.

Я пригласила Риту вечером в ресторан. Мне хотелось быть очень красивой. Я накрутила волосы на щипцы и надела новое шелковое платье, которое купила в один из наших с Ритой походов по магазинам.

Международный день семьи был уже совсем теплым.

Ритин любимый ресторан открыл летнюю веранду.

Мы сидели, закутавшись в пледы, и пили мартини, потому что в ресторане проходила презентация этого напитка, и девушки в одинаковых красно-белых платьях разносили его бесплатно.

Я заказала салат «цезарь». Мне наконец-то надоело есть дыню с ветчиной.

Рита предпочла вителло-тонато.

На Ритин телефон звонил Костя, но она не отвечала.

— Что он говорит? — Я кивнула на телефон.

— Говорит, что я — истеричка и что я пойму это только потом. Но, может быть, уже поздно.

— Ты действительно не хочешь к нему возвращаться?

— Дело не в этом.

Становилось прохладно, и официанты зажигали около каждого стола газовые горелки.

— Знаешь, кто мне снится? — Рита держала в руках бокал с мартини, похожий на чайку с детского рисунка.

Я удивленно посмотрела на нее.

— Знаю.

— Да нет. — Рита отмахнулась от меня. — Я поняла, кто на самом деле мне снится.

Я ждала объяснений.

Красно-белая девушка поставила на наш стол еще пару бокалов и унесла пустые.

— Помнишь, мальчик Миша в твоем детском доме?

— Миша? Конечно помню. Ему нельзя сладкое, и специально для него каждую пятницу я покупаю бананы.

— Ага. — Рита кивнула. — Он не выходит у меня из головы.

Я улыбнулась.

— Да. Он такой хороший.

— Как ты думаешь, его можно усыновить?

— Усыновить? Рит, ты это серьезно?

— Абсолютно. Я думаю об этом уже несколько дней.

Я представила маленького Мишу у нас дома. Я возвращаюсь вечером с работы и покупаю ему бананы.

— А Костя?

— Костя против.

— Ты и с ним уже поговорила? — Мне стало обидно. — Выходит, я обо всем узнаю последней?

— Зато твой голос решающий, — улыбнулась Рита.

Несколько минут я молчала.

— Знаешь, если бы я не видела твое несчастное лицо все эти дни, я бы, может, стала тебя отговаривать.

— Так ты — «за»?

— Я прошу тебя все-таки подумать. Знаешь, если честно, пока что все это у меня в голове не очень укладывается.

Когда я думала о Мише, эта идея мне очень нравилась.

Когда я думала о Рите...

— А ты Костю любишь? — спросила я.

— Да. Очень. — Рита задумалась. — Просто что-то как будто бы потерялось. И мне надо это найти. Понимаешь?

Я кивнула.

Мы чокнулись.

Красно-белые девушки были тут как тут.

И — почти одновременно с ними — около нашего стола появилась Лада.

— Что, «Спартак» сегодня победил? — спросила она у девушек, опираясь на плечо молодого человека с хорошо развитой мускулатурой.

— Нет, — девушка с подносом улыбнулась. — Это промоакция мартини.

— Халява? — уточнила Лада.

— Бесплатно, — скромно подтвердила девушка.

— Привет, Даш! — обратилась ко мне Лада, и я была удивлена тому, что она помнит мое имя.

— Привет, Лада.

Я вежливо предложила им присесть к нам за столик.

Как ни странно, они согласились.

— Это моя подруга Рита.

— А это — мой тренажер! — в тон мне сказала Лада и показала рукой на молодого человека.

Тот снисходительно улыбнулся и дотронулся пальцами до Ладиного уха. Лада отмахнулась от него, даже не пытаясь вести себя вежливо.

— Стул! — скомандовала она «тренажеру».

За нашим столом появился еще один стул, и его тут же заняла Ладина подруга Ларчик, у которой я однажды была в гостях.

Ларчик кивнула нам, одновременно снимая с подноса все бокалы с мартини, которые на нем были.

Поднос опустел, а наш стол, наоборот, был полностью заставлен.

— Маслины никто не будет? — спросила Ларчик и, не дожидаясь ответа, вытащила маслинки из каждого бокала.

— Добрый вечер! — провозгласила Лада и мы все чокнулись.

— А как тебе мартини после баккарди-колы? — забеспокоилась Ларчик.

— Отлично! — уверила ее Лада. И обратилась к молодому человеку: — Малыш, ты меня береги, понял?

Малыш наклонился к ней и что-то прошептал в ухо. Лада звонко рассмеялась.

Мне стало жаль Влада. Наверное, тяжело жить так. С такой женой.

Влад знает, что я его люблю? Сейчас мне бы хотелось, чтобы знал.

Я решила при первой возможности позвонить ему и сообщить об этом.

— Мы где-то виделись? — спросила меня Ларчик.

— Ты что? — грубо перебила Лада. — Это же Влада учительница. Она же учит нас говорить! И чему еще?

Я поставила бокал на стол. Посмотрела Ладе прямо в глаза.

Она снова рассмеялась:

— Он вообще пытливый ученик, мой муж. Вот хотите узнать, чему он учится, например, сейчас?

— Лад, прекрати, — попросила Ларчик.

— Да я не буду ему звонить. — Лада взяла новый бокал мартини.

— Конечно. Она в «Цезарь-Сателлит» будет звонить, — безразлично произнес Малыш.

— Ага. В космос! — подтвердила Лада. — Только звонить я не буду. Существуют новые технологии. Меня недавно научили.

Лада взяла свой мобильный и подключила Интернет.

Машина Влада была застрахована в компании, ведущей наблюдение через космический спутник.

Если знать пароль, то месторасположение автомобиля будет обозначено на карте компании.

Пароль Лада случайно подслушала в телефонном разговоре Влада.

— Лучше, конечно, большой экран, — бормотала Лада.

Она нажимала на кнопки, ожидая соединения по несколько минут.

— Ну, точно! Так я и знала!

Лада выглядела такой довольной, словно смотрела на весы после хорошей недельной диеты.

— Хочешь знать, где он? — Она обращалась прямо ко мне.

Я молчала.

— Не хочешь, да? Правильно. Так и надо. А я вот всегда хочу. Хочу все знать! — Лада снова расхохоталась.

— Ты что, правда можешь узнать адрес? — удивилась Ларчик.

— Да на, сама посмотри! — Лада протянула ей телефон.

— Название переулка не разобрать... — Ларчик низко склонилась над экраном.

— А ты соседние посмотри. Тверская.

— Так это «Палас-отель»! — обрадовалась Ларчик.

— Ага. Он, — подтвердила Лада. Она не сводила с меня глаз. — И раз мы все здесь, значит, там... мой обожаемый муж Влад и... — Лада сделала долгую паузу. Мне хотелось вскочить и убежать.

Я сидела.

— И... одна молоденькая рыжеволосая особа. Хотя тут возможны варианты. Ты об этом знала?

— Лада, прекрати. — Малыш протянул к ней руку.

— Да пошел ты!

Лада подняла бокал. Хотела что-то сказать, но передумала и молча сделала несколько глотков.

— Ларчик, что мы делаем за этим столом? — спросила Лада совершенно трезвым голосом.

— Это я вас пригласила, — сказала я.

— Да? — протянула Лада. — А зачем? На меня хотелось посмотреть?

— Наверное. — Я кивнула.

— А мне — на тебя.

Я улыбнулась. Улыбка получилась очень вежливой.

— Вот и посмотрели.

— Ага. А ты вообще поняла, что он в «Паласе» с другой девкой?

Я молчала.

— Ты что, думаешь, он там в час ночи один в баре сидит?

— Не думаю.

— Ну и как тебе это?

Я улыбнулась.

— Слушай, ты влюбилась, что ль? А? Бедолага. А вот я его — не люблю. Я его ненавижу!

— Я думала, что все это у вас совсем по-другому... — тихо проговорила я.

— По-другому? — закричала Лада. — По-другому? А разве бывает по-другому? Когда я прощаю уже сколько лет, а?

Ларчик обняла Ладу и стала что-то шептать ей в ухо. Лада послушно кивала.

— Ну, — улыбнулась Ларчик, как улыбаются маленькому ребенку, — ты же любишь его. И он тебя. И когда-нибудь все будет хорошо, правда? Все равно вы вместе.

Лада кивнула.

— А ей, — продолжала Ларчик, указав на меня пальцем, — он не нужен. Она сейчас получит от него, что хочет, и все.

— Даша ничего от него не хочет! — Это были первые слова, которые произнесла Рита.

— Лада... — позвала я.

Лада убрала руки своей подруги и посмотрела на меня.

— Он мне не нужен, — произнесла я очень твердо. — Это точно. И мне от него ничего не нужно.

Лада молчала.

— Я тебе даю слово. Моя работа закончилась, и мы больше не встречаемся.

— Девоньки! — Малыш двумя руками обнял Ладу и Ларчика. — Поехали в клуб! Хочется подвигаться!

— Да пошел ты знаешь куда! — заорала Лада.

— Это куда же? — рассмеялся Малыш.

Лада вскочила и попыталась выдернуть из-под него стул.

— Вон! — закричала она. — Пошел вон отсюда!

С соседних столов на нас смотрели заинтересованными взглядами.

Малыш перехватил Ладину руку в тот момент, когда она собиралась дать ему пощечину.

— В общем, я в «Лете». Если что, приезжайте. — Он встал и, не обращая внимания на нас с Ритой, вышел.

— Идиот, — произнесла Лада, высокомерным взглядом окидывая соседние столы.

— Выпьем? — Я подняла бокал.

— Выпьем. — Лада протянула свой. — А ты — ничего.

— Спасибо.

Она отодвинулась, улыбнулась, залпом допила свой мартини.

— Ну что, Ларчик, в «Лето»? А вам, девочки, счастливо оставаться.

Мы с Ритой какое-то время сидели молча.

Вдруг Ритины глаза стали удивленными и испуганными.

— Даш, слушай... А ты не думала, что Влад хотел тебя подставить? Ну тогда... когда покушение было?

Водитель Влада, как всегда, подъехал на полминуты раньше.

Расплющив нос об окно, я смотрела из своей комнаты на его машину. Сверху она казалась черным перламутровым тараканом. Было странно видеть ее неподвижной. Казалось, она готова сорваться с места в любую секунду.

Машина ждала меня.

Я хотела отойти от окна, заняться своими делами, сделать вид, что этой машины не существует.

Я стояла как вкопанная.

Мы замерли одинаково: машина — внизу, я — наверху.

Я отключила мобильный телефон. Но перед этим стерла «Моя любовь». Написала новое имя: «Не брать трубку».

Разве можно объяснить, что такое разочарование?

Разочарование происходит в голове. Когда сердце еще помнит слова, взгляд, руки.

А разум уже понимает: ложь. И слова, и взгляд. И даже руки.

И тогда голова начинает бороться с сердцем.

Как здорово, если побеждает сердце! Тогда надеваешь туфли, спускаешься вниз. Внизу ждет машина. И везет туда, куда ты хочешь больше всего на свете. И тебе легко, и ты счастлива.

Водитель включил дворники, как будто усы у таракана зашевелились.

Я стояла, не двигаясь. Даже не моргая.

Босиком.

Самое ужасное — когда побеждает разум. Тогда легко возненавидеть всех. И все.

И приходится уговаривать себя — жизнь не так плоха. И бывает счастье. И счастливые люди.

Просто — тебе не повезло.

Но — обязательно повезет. В другой раз. Так устроена жизнь.

Иначе я бы не родилась.

Черный металлический таракан зашевелился, взял разгон и скрылся в гуще себе подобных.

Я свернулась на кровати калачиком и закрыла глаза.

Через час я стала думать о том, что нехорошо было заставлять водителя ждать. И Влада надо было предупредить. Я же должна была ехать на работу, а не на свидание, в конце концов.

Я понимала, что эти мысли — слабость. Но мне так хотелось быть слабой.

Я включила телефон.

Позвонила Рита.

— Я помирилась с Костей, — объявила она.

— Поздравляю.

— И завтра он поедет знакомиться с Мишей.

— Ничего себе.

— И он хочет о чем-то с тобой поговорить.

— Да? Ладно.

— О чем-то, что касается только тебя. Приедешь к нам в гости?

— Я, наверное, в Лондон уеду.

— Даш, но не прямо сейчас?

— Нет.

— Ты мне позвони, ладно?

— Ладно.

Влад не звонил.

Я думала, что хорошо бы было, если бы он не позвонил вообще. Никогда.

Смириться гораздо легче, чем бороться.

Поздно вечером я позвонила сама.

— Мы пока не увидимся, — сказал Влад.

Я молчала, мои руки дрожали.

И еще долго смотрела на трубку после того, как он со мной попрощался.

— Не увидимся, — повторила я как эхо.

Щелкнула пультом телевизора. Переключила на МузТВ.

Я так привыкла гадать, что делаю это практически машинально.

Я видела этот клип первый раз.

> Ты должна рядом быть
> Ты должна все простить,
> Выбрала ты пустые мечты.
> Пусть и нечаянно стала отчаяньем
> Наша любовь.
> В жизни не все так просто.

II.

Вторая
часть

В жизни он придерживался правила:
в совершении любого поступка
важна не его справедливость,
а опасность риска.
Он принимал участие в событиях,
когда был до конца уверен,
что действует наверняка.
В пламени финансового, экономического кризиса
он чувствовал себя мифической саламандрой.

Юрий Корольков. Кио Ку Мицу!
(Совершенно секретно — при опасности сжечь)

на **14** заднем сиденье своего новенького BMW-750

Бараны. Вот бараны. И я сам баран

Я

я рассматривал свой нос в зеркало

Бараны. Вот бараны.

И я сам баран.

Не хотел же я этой операции! Нормальный у меня был нос...

— Ну и что ты сделал? — я кивнул Паше на свое отражение в зеркале.

Он невозмутимо рассматривал мой профиль. Таких профилей из его операционной в день по десятку выходит.

— Нормальный нос тебе сделал. По крайней мере, теперь дышать будешь ноздрями. Да и эстетически...

— Эстетически?! Да я на Майка Тайсона стал похож!

— Ну ты же не говорил мне, что не хочешь быть на него похожим!

Через какое-то время я, наверное, привык к своему новому носу. Уезжая, я даже пожал Паше руку.

— Еще спасибо скажешь, — пообещал Паша. — У меня ваших знаешь сколько побывало? Перед каждыми выборами то носы себе обрезают, то уши прилепляют.

— Грудь силиконовую не делают?

— Нет. А вот липосакцию частенько. Но тебе не надо, ты у нас и так...

На заднем сиденье своего новенького BMW-750 я рассматривал свой нос в зеркало.

В общем, ничего. Избирателям понравится. Особенно избирательницам.

И дышу нормально. И может, храпеть перестану.

Позвонил секретарше.

— Найди мне кого-нибудь, кто сценической речью занимается. Лучшего. Срочно. Чтоб завтра уже у меня был.

Заехал в офис.

Брежнев размахивал газетой и истерично орал, что мы его не уважаем.

Желтая пресса.

Написали, что нам от Брежнева только имя нужно. Что он заводной болванчик, а не лидер партии. Что он повторяет все, что я ему скажу.

Вызвал начальника пресс-службы.

— Ты что себе позволяешь? Ты какое имя позоришь? А?

— Ну это ведь желтая пресса...

Он лысый, и в тридцать с небольшим у него уже огромный живот.

— Недопустимо! Перед выборами! С желтой прессой надо дружить! Можно сливать им информацию о наших конкурентах! Или еще о ком-нибудь! Чья это работа, в конце концов?

— Мы им будем информацию сливать, они нами попользуются пару месяцев, а потом нас на первой полосе разместят — как неофициальный источник.

Я заметил: все лысые — упрямые.

— Через пару месяцев уже не посмеют!

Я орал на него, наблюдая, как на лысине выступают капельки пота.

— Ладно. Я все сделаю.

Никто не замечает мой новый нос. Или делают вид.

Вызвал Лену.

Ей девятнадцать. Отличная фигура. И папа тоже ничего себе.

Лена — руководитель нашего предвыборного штаба.

— Я отвезла директору школы две тысячи долларов, то есть уже в понедельник учителя получат дотации. Трех человек мы отправляем на учебу. Там очень позитивное отношение, они гарантируют дополнительные голоса.

Лена многообещающе улыбается.

У меня правило — на работе романов не заводить.

— Отлично. А компьютеры?

— Купили.

Агитатор получает триста долларов плюс десятку за каждую подпись. Ощутимая прибавка к зарплате учителей. Мы оказываем им финансовую поддержку, они из благодарности становятся агитаторами, и мы еще за это платим.

Как и всем.

— Лен, ты помнишь про послезавтра? Что будем делать?

Послезавтра День разгрома советскими войсками немецко-фашистских войск в Сталинградской битве.

— Я подумаю.

Я тоже подумаю. Бывают ведь в правилах исключения. К тому же про роман никто не говорит. Так, короткая интрижка... Повышение по службе... Все довольны.

Вернулся Брежнев. Он успокоился.

Я ему полчаса рассказывал про то, как мы его ценим. Или даже час.

Ярослав Брежнев — внук того самого Брежнева. Его бабушка была фронтовой женой будущего генсека. Неофициальной женой, по неофициальным источникам.

Ярослав учился в обычной школе, потом в художественном вузе. Писал ностальгические картины в духе соцреализма и не помышлял о политике. Пока мы случайно не встретились на одной государственной даче, куда небезызвестный Петя привез восемнадцать стриптизерш из небезызвестного клуба.

Когда закончилось виски, родилась новая партия. Прокоммунистическая. Которая должна была объединить всех, кто помнил золотые годы социализма.

Предполагалось к тому же отделить церковь от государства, что автоматически привлекало к нам мусульман и — если повезет — даже евреев.

Идеологом и лидером был единогласно выбран свободный художник Ярослав Брежнев.

В моем банке мы собрались хранить «золото партии». В том, что оно появится, я не сомневался.

Я дал семьдесят тысяч на организационные расходы. Ярослав снял офис в ЦМТ, завел секретаршу и купил факс.

Стены офиса, естественно, украшали самые патриотичные полотна Ярослава.

Первый съезд партии было решено провести в Тунисе.

Я занялся организацией. Заказали чартер на триста человек. Мои друзья, девушки в большом количестве, артисты, певцы, бизнесмены из тех, кто не пропустит хорошую тусовку, и Вип Випычи, человек пять, ради которых и было все организовано. Они должны были взять на себя финансирование партии.

Программа была обширной. Включала даже конкурс красоты «Корона России».

Всех сразу предупредили: «Будет хлопотно, но денег заработаете. Главное — никого не арестовывать и ни на что не обращать внимания. Просто выставлять счета».

Тунисская полиция, по предварительному согласованию, была заменена на российских секьюрити.

На дискотеках запретили иностранные песни. Только русские. Иногда — русские народные.

Немцы, которых в гостинице оказалось очень много, первые два дня возмущались. Охрана сочувственно разводила руками.

На третий день немцы уже радостно плавали в бассейне с нашими стриптизершами и шотландским виски.

И горланили русские песни.

На четвёртый день, если бы им предложили вступить в партию, они бы сделали это не задумываясь. И считали бы это лучшим, что было в их серенькой жизни.

Членами партии стали все триста человек с нашего борта.

Воздержавшихся не оказалось.

Все бизнесмены внесли в дело партии свои денежные вклады. Справедливо рассудив, что те же деньги они бы отдали за унылый отдых с семьёй на Лазурном берегу. Ну, или почти те же. Плюс перспективы политического лоббирования.

Все пять випов по приезде в Москву перевели деньги на счета моего банка. Именно столько, на сколько я и рассчитывал.

Никто не замечает мой новый нос.

Или делают вид?

Позвонила Лада.

— Дорогой, ты когда будешь дома?

— Дорогая, я неделю в больнице торчал. У меня дел — куча.

— Я тогда с девочками поужинаю пойду. Ты не поздно?

— Не знаю.

— Можно нормально домой прийти? Тебя и так неделю не было!

— Дорогая, ты могла приехать ко мне в больницу.

— Но если я только вчера из Рима прилетела, какой смысл был ехать к тебе в больницу?

— Никакого.

— Дорогой, так ты не поздно?

— Поздно, дорогая.

Швырнула трубку.

Я представил, как она кусает нижнюю губу. Это у нее первый признак бешенства.

Второй признак — громкий хохот.

Через тридцать минут — футбол.

Надо успеть домой к началу.

Снова звонит Лада.

— Дорогой, ты помнишь, что у нас скоро пятнадцатилетие совместной жизни?

Решила поднять себе настроение.

— Конечно, дорогая.

— Я волнуюсь, почему ты не спрашиваешь меня, что я хочу в подарок?

— Что ты хочешь, дорогая?

— Сережки. Забыл?

— Помню.

— И норковые чехлы в машину.

— У меня вторая линия. Перезвоню.

Кто придумал эти идиотские праздники!

Ночью будут показывать теннис. Прямая трансляция из Америки.

Лада пришла домой в четыре утра.

Только что закончился теннис.

— Дорогой, ты уже дома?

Выпила она прилично.

— У меня тако-о-ой диск! Из «Зимы».

Вставила диск в CD-ченджер. Начала танцевать. Сексуально.

И стриптиз у нее неплохо получается. Вообще, даже спустя пятнадцать лет совместной жизни у нее все получается неплохо.

Главное, чтобы она на ногах удержалась. А то рухнет на пол...

Я отнес ее в спальню на руках, потому что сама бы она не дошла.

Я хочу,

чтобы
она
сожрала
их не от
голода,
а по зову
природы

Специалист по сценической речи оказалась молоденькой девушкой. Аспиранткой.

Очень трогательная. Смущалась и краснела.

Чем-то напомнила Ладу пятнадцать лет назад. Даша.

Так забавно умничает. Хочет казаться взрослой. Еще боится кокетничать.

— Какие у нас сроки? — спросила она строго.

— Сроки?

У меня никогда не было девушки-гинеколога. А также вагоновожатой и космонавтки.

Даша смотрела на меня блестящими глазами.

— Вообще, месяц. Но я бы предпочел две недели.

Сказать, что с Дашей я бы управился и за пару дней, было бы слишком большим цинизмом.

Позвонила мама. Узнать, стоит ли добавлять карри в спагетти с морепродуктами.

— В сливочном соусе? — уточнил я.

— Ну конечно.

— Добавь немного. И паприки.

Одно время я увлекался кулинарией. Тогда все пытались быть рестораторами.

— Спасибо, дорогой. Как твой нос?

— Отлично.

Кто ей сказал? Лада? Или выведала у секретарши?

— Зачем тебе нужна была эта операция?

— Мам, я сейчас занят.

— Ты бы хоть позвонил сначала, посоветовался. Вон у Тани со второго этажа подруга нос переделала — и знаешь что теперь?

— Что? — Лучше все быстрее выслушать и закрыть эту тему.

— Идет на повторную операцию. Так ей сделали плохо, а она все равно к тому же доктору идет. А тебе кто доктора посоветовал?

— Лада.

— Так это была ее идея? Ей что, нос твой разонравился?

— Мам, у меня совещание. Я опаздываю. Перезвоню.

— Ладно, я сейчас Ладу наберу.

— Она еще спит, мам. Целую. Ты себя хорошо чувствуешь?

— Ну, так... нормально. Как я себя должна чувствовать в моем возрасте?

Долго подбирал галстук под новый костюм. Три раза поменял рубашку. Третью рубашку швырнул на пол. Неужели трудно развесить костюмы сразу с рубашками и галстуками?

Проснулась Лада. По пути за минеральной водой стянула с вешалки галстук. Дала мне. Я его даже не мерил до этого.

Неплохо смотрится.

В гостиной обнаружил Дашу. Совсем забыл!

— Доброе утро.

Придется взять ее в офис.

— Доброе утро, — говорит она отчетливо и с выражением. Как будто сейчас в эфире про погоду начнет рассказывать. — Язык должен быть более упругим...

Я посмотрел на нее внимательней. Хорошая грудь.

— ...Звук «д» образуется под напором воздуха. Доброе утро.

— Доброе утро, — повторил я. Почему она носит такие широкие свитера?

— Хорошо. Добыл бобов бобыль.

— Добыл кто? Чего?

Бедная девочка, от растерянности она даже покраснела.

Сколько лет прошло с тех пор, как перестала краснеть Лада?

— Бобов бобыль.

— Я понял.

Одета бедненько, но явно старательно готовилась к встрече. Может, дать ей аванс?

Я повторял за ней дурацкие слова и звуки. Неизвестно, кто из нас старался больше. Столько времени уходит на этот бред!

Когда звонил мой телефон, она смешно отворачивалась. Как будто не слушала.

— Пентхаус сколько метров? — Сколько ей лет? Двадцать? Двадцать три? — Да он мне больше должен! Ну, не знаю. Ты считаешь, что другого варианта вернуть деньги нет?

Пентхаус на Остоженке. Ладно, разберемся.

— Окей. Соглашайся.

Ей понравилась моя акула. Моя ленивая сытая тварь. Если ее не кормить два дня, то на третий она сожрет рыбок. Так мой помощник сказал.

Я кормлю ее на убой. Я хочу, чтобы она сожрала их не от голода, а по зову природы.

Я подал Даше пальто. Она смутилась.

Похоже, в ней нет ни грамма силикона.

Приехал на радио. В прямом эфире давал предвыборные обещания.

Ведущая — симпатичная девушка в черных наушниках.

Сексуально улыбалась мне из-за огромного микрофона. Когда она открывала рот, я боялся, что она его проглотит.

— Поздравляю! Слушатели были очень активны. Это говорит о вашей растущей популярности.

Она проводила меня до двери, а мне все мерещился микрофон у ее лица.

Я достал визитную карточку. Из специального кармана пиджака. Удобный все-таки дизайн — Paul Smith.

Дописал мобильный.

— Всегда буду рад вашему приглашению. Звоните мне просто так, по-товарищески.

— Спасибо. Обязательно позвоню.

Микрофон можешь не брать.

Позвонил секретарше.

— Выясни значение слова «бобыль». Это который всю жизнь одиноким ходит? Или что?

Надо было Дашу взять с собой на радио. Чтобы она прокомментировала мои ошибки. Но вроде я нормально говорил.

Я заехал в офис, и мы отправились к Мишане. Купил у него отличный набор клюшек для гольфа с дарственной надписью.

В ресторане уже все собрались. Силиконовая долина.

Лады нет. Она ненавидит Олега. У них это взаимно.

Однажды он напился и наговорил ей лишнего. Хотя начала она.

Наутро позвонил, извинился.

Лада не разговаривала со мной неделю, потому что считала, что я должен был дать ему по морде.

Я мог не брать Дашу. Она сразу села к девушкам.

Я улыбался, чтобы скрыть раздражение. Конечно, я не планировал провести полноценное занятие, но хоть что-то успеть все-таки можно было.

Я бы даже доплачивал. За работу «в нестандартных условиях».

Плохая была идея.

Хотя после бутылки виски я бы вряд ли выговорил хоть одно слово из ее репертуара.

Димка, как всегда, жаловался на любовницу. Она хочет в высшую лигу. Говорит, что ей уже тридцать и пора определиться. Но жене Димки — сорок, и она уже давно определилась.

— Она семью бросила из-за меня. Можно понять, — вздыхал Димка уже третий год. Не без некоторого тщеславия.

Мы решили, что ей надо купить квартиру. Она займется ремонтом, потом мебелью и на какое-то время успокоится.

Недвижимость в центре Москвы очень способствует определенности в отношениях.

Саня рассказал, как познакомился с какой-то мисс мира. В «Метрополе». Клюнула на его собачку. Эта мисс мира будет в Москве пять дней и все пять дней обещала провести с ним. Саня уверял, что упирался губами миссмире прямо в декольтированную грудь.

Мы не верили.

В Сане росту 168 сантиметров.

Может, эта девушка была мисс мира году в шестьдесят восьмом?

Позвонил Ладе. Она сказала, что спит, и бросила трубку.

Лег в кабинете. Перед этим выпил энтерос-гель. Чтобы не мучиться похмельем.

Разбудила меня Лада.

— У тебя педикюр. Ты вставать собираешься?

— Собираюсь.

Энтерос-гель не помог. Буду болеть весь день. Еще один потерянный день.

— Она тебя ждать не будет. Я заканчиваю через пять минут. Мне уже ногти красят, давай вставай.

Нашу домработницу зовут Зита. Она меня боится. Потому что Лада ее мной пугает. Когда она делает что-нибудь не так, Лада хватается за голову и говорит: «Боже мой, что скажет Влад?!» И в ужасе закатывает глаза. Домработницу начинает трясти, и она обещает, что к моему приходу все будет отлично.

Как только я зашел на кухню, от Зиты осталось только колебание воздуха. И то незначительное.

Овсяная каша, кофе, сыр. Все, как обычно, сервировано на столе.

Я выпил большой стакан колы, засыпав его льдом доверху.

Педикюрша молчала.

Говоря обо мне с педикюршей, Лада называла меня Владимир Викторович.

Это приводило педикюршу в трепет.

Я растопыривал на ногах пальцы.

Я надел серый костюм с розовой рубашкой и сиреневым галстуком.

Посмотрел, нет ли в холодильнике пива. Нет.

— Ты что, собрался в этом галстуке идти? С этой рубашкой? — Лада стояла в дверях и смотрела на меня так, словно я нарядился в ее любимое платье.

— Иди поспи, дорогая, — посоветовал я жене.

— Поменяй галстук, дорогой.

— Мне нравится так, дорогая.

— Ты похож на гомосексуалиста.

— Можно оставить меня в покое?

— А можно поздравить меня с тем, что я уже пятнадцать лет выбираю тебе галстуки?

Точно. Сегодня — юбилей.

— Дорогая, я собираюсь поздравить тебя вечером.

— Поздравь себя.

Она направилась в спальню.

— Между прочим, это и мой праздник тоже! — Каждое громкое слово болезненно отдавалось в моей голове.

Это только твой праздник! — крикнула Лада из спальни.

Через минуту она снова появилась на кухне. Разъяренно бросила в меня небольшую, красиво упакованную коробку.

Идиот, почему я женился именно в этот день? Не мог подождать еще недельку.

— Дорогая!.. — Я разорвал бумагу и обнаружил внутри скелетоны. Отличные. Omega Speedmaster. Тахометр, хронограф, платиновый корпус, сапфировое стекло. У моей жены хороший вкус.

Она закрылась в спальне.

Я сделал несколько попыток помириться, но они не увенчались успехом.

Снял галстук, потому что с этой рубашкой и без галстука хорошо.

Отругал секретаршу за то, что она не напомнила мне утром, что у нас — юбилей.

Надо ее менять. Она и кофе делает отвратительный.

Приехала Даша и стала заставлять меня говорить: «ТАДИТА-ТАДИТЯ». Такое и в нормальном состоянии не выговоришь.

Без пива сегодня не обойтись.

Позвонил в салон. Сказали, что мой новый «мерседес» еще не пришел. Я его месяц назад заказал! Бардак!

Потом позвонил мой помощник, сказал, что подарок жене готов. По два карата в каждое ухо и норковые чехлы. Она, правда, еще диски просила. С камнями. Обойдется.

— Упакуй и отправь. И цветы не забудь.

Подарю ей диски на Восьмое марта.

Рыжая прислала sms. Соскучилась.

— ТАДИТА-ТАДИТЯ.

Отменю совещание. В таком состоянии это самое правильное решение.

Послал Рыжей sms, назначил встречу в «Паласе».

Даша расстроилась, что мало позанимались. Пообещал ей дозаниматься по дороге. В машине.

По-моему, она меня хочет.

Предложил ей поесть в ресторане, пока сам буду в номере с Рыжей.

Зря отказалась. Наверняка какую-нибудь ерунду ест целыми днями.

Худенькая такая. Пусть бы поела.

Лада тоже такой была. Хотя за один день съедала столько, сколько среднестатистическая индийская семья из семнадцати человек за две недели.

С Рыжей столкнулись у входа. Набросилась на меня уже в лифте.

Лада рассказывала про нее, что она не может ходить на массаж. Возбуждается, и каждый массаж заканчивается сексом. Я спрашивал Рыжую, не пробовала ли она ходить к женщинам-массажисткам. Не пробовала.

Я достал из мини-бара пиво.

— Тебе понравилось? — шепнула она мне в ухо.

— Очень, — ответил я, делая животворный глоток.

— Поужинаем? — Она умудрялась разговаривать, не прерывая поцелуя.

— Не могу. Вызвали в Белый дом.

Водитель забрал Дашу, и мы поехали ко мне домой на вечеринку.

Подарок уже наверняка доставили, и Лада ходит счастливая и довольная.

И человек тридцать наших друзей собрались похвалить нас за то, что мы прожили вместе пятнадцать лет.

Сами бы они ни за что так не смогли.

Непонятно, зачем я тащу с собой Дашу.

Мы пили виски и курили сигары в кабинете.

Саня рассказывал про мисс мира. Он сегодня с ней обедал. Мисс мира не успела закончить десерт, как ей позвонили на мобильный, и она тут же попрощалась. Поцеловала его в щечку. Для этого ей пришлось наклониться.

Саня был зол. Обзывал ее дурой. Грозился, что она сама приползет на коленях. Наверное, для того, чтобы стать одного с ним роста.

Потом он позвонил ей и пригласил в клуб. Она сказала, что занята.

Он позвонил какой-то другой девушке и уехал в «Зиму».

Костя, мой бывший партнер, рассказал, что вчера так напился, что снял в ресторане какую-то девку, привез домой. А когда проснулся и увидел ее, то притворялся спящим еще часа полтора, надеясь к ней привыкнуть.

Или что она уйдет.

— Брюнетка, с пробегом. Лет сорок. Такая уродина, мне аж перед охраной стыдно стало.

Обсудили вчерашний футбольный матч.

— А кому там играть? — возмущался Димка. — Они только деньги получать умеют.

— А комментатор? — я открыл новую коробку сигар. Мне их присылали вместе с вином. Chateau

Muton Rothshild 1997 года по цене лимонада. Диппочтой. Без этикеток.

— Комментатор — баран, — согласился Димка.

— И с таким позорным счетом... — вздохнул Олег.

— Может, на выходных в футбол поиграем? — предложил Костя.

Договорились на субботу.

Вспоминали съезд в Тунисе. Как мы там проводили конкурс красоты «Корона России».

Я, естественно, был в жюри. Саня со своей собачкой — тоже.

Надо было выбрать победительницу.

Длинноногие красавицы со всей России ходили по сцене и мечтали о главном призе. Это была длинная норковая шуба. Сначала хотели соболиную, но потом решили, что норковой достаточно.

Конкурс снимало телевидение, и никто не задумывался, почему «Корона России» вручается в Тунисе. И что общего у Туниса с норковой шубой.

Я ткнул пальцем в маленькую несимпатичную номинантку.

— Она будет «Короной».

— Влад, ты что? — возмутился Саня. — Она же уродина!

— Ну и что, что уродина?

— Влад, нас замучают журналисты! — резонно возразил Димка. — Будут спрашивать, почему она?

— Ну и хорошо. Пусть спрашивают. Нам ведь что нужно? Чтобы об этом говорили. Так?

Решение было принято. На следующий день должен был состояться финал.

Ночью в дискотеке, когда все зажигательно танцевали под песни Гриши Лепса, ко мне подошел один из адептов нашей партии. Он размахивал стаканом с коктейлем и лез целоваться. И что-то пытался рассказать мне на ухо.

Выяснилось, что он самостоятельно, ни с кем не советуясь, договорился с мэром одного городка, что в конкурсе победит его любовница. Рассудив, что девушка она красивая и нам, конечно, не будет никакого дела до того, кто этот конкурс выиграет.

У Димки тут же оказались интересы в этом городке. Какие-то проблемы с заводом.

Мы позвонили мэру. Было четыре часа утра. Финал был назначен на двенадцать. В двенадцать двадцать его любовница получила «Корону России». Плюс норковую шубу в пол.

А мы приобрели приятеля в лице мэра одного небольшого города.

— Сильно мы тогда погуляли, — вздохнул Димка.

— Может, еще один съезд? — Олег отрезал каттером кончик Cohiba. — В Куршевеле? А то чего-то скучно.

В дверях кабинета появилась Даша, улыбнулась и убежала.

— Нет. Вот получим десять процентов на выборах, я вам такую тусовку организую!

Разошлись часа в три.

Лада сидела у меня на коленях и восхищалась сережками.

Денег за Ладины бриллианты мне жалко только в тот момент, когда я достаю купюры из портмоне и протягиваю их продавцу.

Покупать украшения для жены — все равно что ходить к стоматологу: не хочется, но надо. А потом даже приятно: знакомые хвалят и восторгаются.

— Ларчик сказала, что она только у Анечки такие видела.

Я кивнул.

— Ты в Mercury покупал? Тебе скидку дали?

Не идиот же я покупать Graff без скидки. Мне их вообще из Нью-Йорка привезли.

— Пойдем спать? — Лада была на редкость трезвой.

— Ты имеешь в виду спать? — уточнил я.

— Я имею в виду «пойдем», дорогой.

Мы объяснились друг другу в любви.

— Представляешь, пятнадцать лет! Какая я была, ты помнишь?

— Помню. Такая же, как сейчас.

Мы валялись в постели и допивали бутылку Chateau Muton.

— А ты ходил каждый день в одном и том же пиджаке!

— Не придумывай. Я тогда очень модно одевался.

— Ну конечно! Спроси у Ларчика, мы с ней это обсуждали! И еще твою прическу!

— Не болтай, пожалуйста.

— Ну да. Теперь тебе кажется, что ты всегда был таким великим!

— Нет, наверное, я был полный лох!

— Конечно! Ты чаевые официантам не оставлял!

— Именно поэтому ты вышла за меня замуж. Ты любишь лохов, да?

— Нет.

— Ты меня любишь?

— Да.

— То-то же! Кто тебе еще такие сережки подарит?

— Наверное, уже никто...

Семейная жизнь — это фокус, секрет которого неизвестен. Но почему-то каждый считает, что может его показать.

p e

золото,

Стены
бордовые,

nt

золото,

h

o

u

золото,
лепнина,

16

s

a окна — как картины

e

Когда я проснулся, Лада уже завтракала.

Я надел шелковый халат поверх пижамы и вышел на кухню.

До того как познакомился с Ладой, я спал голый.

Домработница жарила яичницу. Ее глаза чуть не выпали на сковородку, когда она меня увидела.

Я великодушно подождал, пока она переложит яичницу на тарелку.

— Доброе утро, дорогой.

Лада пила кофе. Она была причесана и наверняка уже умылась.

— Доброе утро, дорогая. Мне один пентхаус за долги отдают, поехали, посмотрим? Я уже договорился с архитектором.

— Не могу, дорогой. У меня дела.

— Какие?

Лада налила мне кофе. Я хотел чай.

— Маникюр.

Я вылил кофе и налил чай.

— А после маникюра?

— Ну, после я не знаю.

— Значит, после маникюра. Ко мне сейчас Даша приедет, это займет часа два.

— Как твои занятия?

— Отлично.

— Прямо «отлично»?

— А ты думаешь, что отлично можешь делать что-то только ты?

— Надо бы мне остаться, послушать.

— Ни к чему. Она, кстати, очень хорошая преподавательница.

— Да? — Лада посмотрела на меня подозрительно.

Не надо было хвалить Дашу.

Даша в который раз разглядывала фотографии. Вся наша гостиная была обильно ими уставлена.

Ладу разглядывает.

Мы занимались часа два. Надеюсь, в этих занятиях есть толк.

Мы перешли на «ты». Но она сначала смущалась и пыталась обходиться без местоимений.

Очень хочется дать ей денег.

Интересно, она не девственница?

Пентхаус оказался не так плох. Метров пятьсот.

Лада рассказывала архитектору, что надо делать. Когда архитектор был не согласен, Лада улыбалась и говорила:

— Давайте сделаем, а там посмотрим.

Она чертила на плане стены и перегородки так уверенно, словно думала об этом проекте последние две недели.

Хотя, может, так оно и было. От моей жены не знаешь чего ожидать.

Во время кризиса у меня несколько дней были очень серьезные проблемы. Как и у всех остальных. Цена вопроса на тот момент была двести тысяч долларов. Их принесла мне Лада. Как выяснилось, она копила на черный день.

После кризиса я ей, конечно, все вернул.

Я прикидывал, во что обойдется строительство.

— Мне нужно все такое, знаете... буржуазное. И чтоб этого было много. Всего too much, понимаете? Стены бордовые, золото, лепнина, а окна — как картины. Но картины-то современные. Поэтому надо подумать, как их вписать!

— Может, золотые рамы?

У архитектора загорелись глаза. Он уже понял, что здесь можно поживиться.

— И золотой унитаз, — предложил я.

Лада сделала вид, что не услышала. Я особо и не рассчитывал.

— Может быть, золотые рамы. И тогда на всех стенах в таких же рамах фотографии города. Мне нужны хорошие фотографии.

— Дорогая, на «Сотби» сейчас две работы Пола Ньютона, не знаю какие. — Лада была собакой, а моя фраза — сахарной косточкой.

— Вот. — Она, не поворачивая головы, ткнула в мою сторону указательным пальцем и поручила архитектору: — Узнайте, пожалуйста.

В машине Лада увлеченно рисовала поэтажный план.

Я не вмешивался. Все это изменится еще двадцать раз. Бедолага архитектор. Он, конечно, заработает, но деньги ему достанутся нелегко.

Зато он, возможно, поймет, что деньги — отнюдь не главное в жизни.

Зазвонил Ладин телефон. Она разговаривала, продолжая чертить.

— Привет, мам... Нормально. Я с Владом. По делам ездили. У тебя все окей?.. Ну, ладно, может, заеду на неделе. Целую. Хорошо, привезу.

Ненавижу, когда она выключает звук CD, чтобы разговаривать по телефону. Как будто она одна в машине.

На светофоре передо мной BMW 645CI с восьмицилиндровым двигателем рванул с места так, как будто ее в космос запустили.

Рабочий объем — четыре литра. Наверняка ручная коробка. Только зачем на кабриолете зимой ездить?

На следующей неделе придет мой «мерседес».

Снова Ладин телефон.

— Алло... Привет. Нормально... Я с Владом. Хорошо, давай. Пока.

— Кто звонил? — Я был сам за рулем. Охрана ехала сзади. Я включил подогрев руля и снял перчатки.

— Мама.

— Второй раз кто звонил?

— Мама. Привет тебе передавала.

Круги и полукруги, которые она рисовала в плане, наверное, обозначали столы и кресла.

По НТВ-спорт закончился футбол. Красивая игра, ЦСКА выиграл. Хоть и не в полном составе играли. Один мяч пропустили в свои ворота.

Я достал из кармана мини-диск, вставил его в Restek. Налил виски.

Позвонил Димка.

— Вась, я тебе перезвоню. Ничего срочного?

— Нет.

Включил.

Запись Ладиных телефонных разговоров.

— Аллоу.

Это Ларчик. Если натянуть на ее попу парашют, он треснет по швам.

— Привет. Как дела?

— Ужасно. Я в шоке. Не знаю, что делать.

— Что случилось? Твой возвращается раньше и мы не пойдем в клуб?

— Ты что, конечно пойдем! Одноклассник моей Аньки покончил жизнь самоубийством.

— Да ты что?

— Да. И написал в записке, что из-за Аньки.

— Ничего себе. А она как?

— Да она в ужасе! Плачет! Ее в милицию вызывают.

— А у них что, роман был?

— Да нет, в том-то и дело. Она на него и внимания не обращала. Больной, наверное, какой-то...

— Да... ну и что ты будешь делать?

— Не знаю. В четверг похороны, идти ей или нет? Там родители, представляешь?

— Ужас. Но я думаю, надо пойти. Пусть переживет это. Все-таки не просто так он про нее в записке написал. Пусть к родителям подойдет, представляешь, каково им?

— Они же будут ее винить...

— Но это же жизнь. А что, ей надо сделать вид, что ничего не произошло? Умер и бог с ним? Не ее проблема?

— Лад, она еще совсем девочка. Вдруг у нее нервный срыв случится? Или комплексы начнутся, что все мальчики, которые в нее влюбляются, потом будут суицидом заканчивать?

— Не знаю, Ларчик. А она что говорит?

— Плачет только.

— Но ты еще подумай. Ей же потом с этим жить.

— Ладно. Давай попозже созвонимся.

— Давай. Ты не расстраивайся.

— Легко сказать. Не хочется, конечно, ничего плохого про него говорить, но... блин!

— Ужас! Ты звони мне, ладно?

— Давай.

Мы договорились насчет интервью на телевидении для Брежнева.

Мы с Димкой смотрели его по телевизору как шоу Бенни Хилла.

Брежневу подвели глаза и нарумянили впалые щеки. Он стал похож на своего любимого Сальвадора Дали. И еще немного на Бегбедера.

Он обращался к электорату:

— Если кто-нибудь когда-нибудь узнает о том, что я присвоил хоть копейку, — придите и убейте меня! Я клянусь вот здесь и сейчас, что никогда в жизни не дам повода заподозрить меня во взяточничестве. В коррупции. В лицемерии. Я вырос на других идеалах. В нашей семье были другие боги. Искусство! Чистота! Вот перед чем мы преклонялись! Я — художник. Я смогу прожить на то, что зарабатываю. Мне много не надо. Были бы холст и кисти!

— Вот, вот! — хохотал Димка. — Слушай, сейчас будет ключевая фраза!

— ...Хотя картины мои — не дешевые! Они признаны на высшем уровне. Они — прямо сказать — дорогие. Но я не вижу в этом ничего плохого. Это — плата за мою работу. Тяжелейшую работу. Которой я отдаю всего себя. Ей и вам. Так учили меня родители. И я их не подведу.

— Кто его выпустил? И чего ты ржешь?

— Представляешь, как его картинки после выборов раскупаться будут? Каждый чиновник своим долгом сочтет. Он не только Дали, он Моны Лизы подороже будет!

Мы с Брежневым поехали на открытие льготной аптеки для пенсионеров.

Брежнев театрально перерезал ленточку.

Я сказал короткую речь. Обещал, что лекарства в нашей аптеке по пенсионным удостоверениям будут дешевле на двадцать процентов. Кстати, действительно будут.

Основная часть наших реальных избирателей — бабушки. Им нужно уделять максимум внимания.

Остальное население ходит только на президентские выборы.

Я вернулся в банк.

Даша сказала, что я делаю успехи.

Я повторял:

— Винтить — ввинтить, как оса — как коса, безделки — без сделки, шил — сшил. Кстати, ты знаешь, кто такой бобыль?

— Бобыль?

— Бобыль, бобыль!

Она начала листать учебник с сосредоточенным видом.

— Даш! — Все-таки мне с ней весело.

— Что?

— Бобыль — это человек, у которого ничего нет. И никого.

— Да?

У нее хватило ума не делать вид, что она это знала.

— Да. Я — в некотором роде бобыль.

Еще девушкам очень нравится, когда им говорят: «Если бы ты знала, как давно я ни с кем не целовался!»

— Ты имеешь в виду, в мужском роде?

— Ну да.

— А в женском? Кто тогда я?

— Ты, Даш, — бобылиха. Типичная такая бобылиха. Но очень симпатичная.

Она здорово улыбается. Ей хочется улыбаться в ответ.

Мои рыбки все плавали. Интересно, они спят спокойно? Или оставляют на ночь дежурного на случай нападения акулы? Вряд ли. Они слишком красивые для того, чтобы быть умными. А чего ждет акула — вопрос. Наверное, наслаждается своей властью.

Секретарша пришла в короткой юбке. У нее красивые ноги. Почему она все время в брюках ходит?

Мы сидели втроем: я, Даша и Саша. У него, как всегда, на коленях собака. Девушки проходят мимо и млеют от восторга.

Ресторан битком.

Полно девиц. Второй состав. Скамейка запасных.

Саня берет у кого-то телефон.

Даша тоже в восторге от собаки. Им всем как будто чип один и тот же в голову вставили.

Может, Пете позвонить?

Объявилась радиоведущая. Я думал, она еще раньше позвонит. Интриговала. Я и забыл про нее.

Хотя она ничего. Любительница заглатывать микрофоны.

Договорились на завтра в Третьяковке. В ресторане.

Саня рассказывал, как заполучил мисс мира.

— Я ее в ресторан приглашаю, она — нет. В клуб — нет. Думаю, что делать? Говорю, пошли в кино? Она посмеялась и согласилась. На шесть часов. Говорю, фильм тебе точно понравится. Какой, не скажу — сюрприз. В общем, запутал. Звоню в «Романов», снимаю весь зал...

— Да ладно? Прикольно.

— Стоит трешку. Заказываю официанта, все дела. Мы приходим, она спрашивает: «Чего это народу нет?» А я говорю: «Кинотеатр дорогой, никто не ходит». Но потом она въехала. Когда официанты с «Кристаллом» появились.

— Ну ты красавец, Вась. И чего?

— Того. Без проблем. Такой романтик — кто устоит?

— А какой фильм-то?

— «Двойной удар».

— Понял.

Happy Birthday

$1 000 000

за то, чтобы нам конфеты домой приносили?!

17

Утром позвонила Даша. Мы еще спали.

Она заболела.

Лада открыла один глаз и пыталась понять, с кем я говорю.

Я быстро повесил трубку.

Уже не заснул.

Решил сегодня не бриться.

Позвонил водителю, велел ему заехать в Fauchon, купить еды. И лекарства в аптеке. Если больной Ладе не привести шоколада из Fauchon, она не выздоровеет и две недели.

Он позвонил Даше, узнал ее адрес.

Я представлял себе, как она растеряется. И будет смущаться.

Зачем я к ней еду? Айболит нашелся.

Если она живет с родителями — не так поймут.

Я уже хотел развернуть машину. Передумал. Поеду. Пусть хоть поест нормально.

Она так старается. Она такая смешная.

Ей будет приятно.

За дверью туалета надрывалась собака. Даша и ее подруга делали вид, что ничего не слышат. Ладно. Я тоже как будто глухой.

Я жил в такой же квартире. Телевизор только в одной комнате. Вторая комната — тоже спальня. Значит, они живут вместе. Прямо Голливуд. Холодильника нет. Вообще, все достаточно прозаично.

— Ну что, девушки? Не буду вам мешать. Выздоравливай, ты нам нужна.

Даша смотрела куда-то мимо меня и улыбалась. Взгляд без планов на будущее и сожалений о прошлом. Я почувствовал себя моложе лет на пятнадцать.

Штаб прислал мне мониторинг по прессе. В основном позитив. Наш рейтинг растет, как проценты по закладной.

Поехал в область.

Встретился с мэром. Потом с главой района. Нормальные мужики.

За поддержку голосами пообещал им присоединение к Москве.

Ударили по рукам.

Все идет по плану.

Вернулся в столицу в отличном настроении.

Зашел Димка. Кивнул на аквариум.

— Живы?

— Мне надо уже тотализатор устроить. Хорошая идея. Все, что я делаю, — гениально!

Я пританцовывал посередине кабинета, напевая на мотив «Буратино»:

> — Ге! Пара-ра-ра-ра-ра-ра!
> Ни! Пара-ра-ра-ра-ра-ра!
> А! Пара-ра-ра-ра-ра-ра!
> Льно! ГЕ-НИ-А-ЛЬНО!

— Что это ты такой веселый?

— Зови меня просто «гений». Кстати, знаешь, в Англии подсчитали, что в мире настоящих гениев — пять процентов. Это значит, где-то триста миллионов. И неужели ты думаешь, что мы не входим в это такое огромное число? Вася, кто же, если не мы?

Я нажал кнопку громкой связи:

— Тань, организуй мне покупку холодильника какого-нибудь... ну, нормального, среднего, и отправь по адресу... Адрес у водителя возьми. Он там сегодня был со мной.

— Это ты кому холодильник отправляешь?

— Ты не знаешь.

— Новая девка?

— Да нет. Это так...

— О, Вась! Ну-ка, посмотри на меня!

Запищал мой телефон. Sms.

Все малолетки любят посылать сообщения. С обещаниями — на что я могу рассчитывать, если приеду прямо сейчас. Откровенно и подробно.

— Надо Ярослава отправить на губернские выборы, — сказал Димка. — Они деньги занесли. Пусть выступит в поддержку.

— Пусть. Только скажи ему, чтоб про картины молчал. Если наш пройдет, он у него и так всю коллекцию купит.

— Всю не купит. Он каждую ночь по полотну создает.

— Может, ему девку?

— Ну, начнет девок рисовать. Какая разница?

— Хорошую. Пусть отвлечется.

— Ну, не знаю. Я, кстати, своей квартиру купил. У Валерки, в новом доме. Вообще не ссоримся. Даже про жену не вспоминает.

— Так, может, она тебя разводит?

— Нет. Она меня любит.

— Я понял.

Я пил кофе с радиоведущей.

Она раздвигала под столом коленки и говорила мне «вы».

— Очень интересный эфир получился. Большая заинтересованность у слушателей.

Значит, будем умничать.

Подошел официант. Я сделал заказ:

— Мне «Пламенеющий кракиян» с сабайоном «пинья-колада» и шоколадным ганашем.

Она смотрела на меня во все глаза и стеснялась спросить, что это такое. Горячее? Алкоголь? Десерт?

Официант записал, понимающе кивая.

— Я очень люблю здесь десерты. А вы?

Она улыбнулась.

— Пожалуй.

— Могу я вам что-то рекомендовать?

— С удовольствием.

— Тогда для дамы: мильфей «Мусковадо» с муссом пралине и лесными ягодами. Вы не против?

— Нет-нет. Спасибо.

Я заказал чай. И все время смотрел на часы. Через сорок минут положил на стол салфетку.

— К сожалению, у меня важная встреча. Вынужден вас покинуть. Вы больше ничего не хотите?

Она смотрела растерянно. У нее явно были на сегодня другие планы.

Я проводил ее до машины. Она пыталась взять себя в руки. Невпопад хохотала.

Я поехал к Сане. Он пил со стриптизершами.

Лада ела шоколад. Она могла за день съесть килограмм шоколада. И больше ничего. Только полплитки еще на ночь.

Я валялся перед телевизором и читал книгу. «Кио Ку Мицу! (Совершенно секретно — при опасности сжечь)».

Через двадцать минут на НТВ-спорт — теннис. Наши девчонки. Хочу посмотреть.

— А знаешь, что Ленке Макс на день рождения подарил? — спросила Лада.

Опыт подсказывал, что это вопрос с продолжением.

Но я все-таки попытался отмолчаться.

— Влад?

— М-м-м?

— В Бельгии есть такая шоколадная фабрика, они только для випов работают.

К чему она клонит? Может, собирается заказать свое скульптурное изображение из шоколада? Иногда хочется, чтобы кресло, как в японских мультфильмах, провалилось под землю и улетело в космическое пространство. Со скоростью света. А в кресле сидела бы Лада.

— Ленка туда ездила, на дегустацию. Говорит, такого вкусного шоколада в жизни не ела.

— Дорогая, а что у нас там с ремонтом? Ты довольна архитектором?

Лада проигнорировала мою слабую попытку завести разговор на тему, интересующую обоих.

— И ей дали выбрать четыре начинки. Которые ей больше всего понравились. И сделали специально для нее четыре конфеты с ее инициалами! Круто?

Четыре конфеты? Не Ладин размах. Значит, просто так рассказывает.

— Круто! — Я даже книгу отложил, чтобы беседу поддержать.

— Так Макс подарил ей пожизненную ежемесячную доставку конфет из Бельгии. Прямо домой в упаковке, разработанной специально для Ленки! Представляешь? Конфеты с инициалами, каждый месяц, специально для тебя?! Стоит единицу. Мне кажется, нам тоже надо. Дорогой, давай купим.

Миллион долларов за то, чтобы нам конфеты домой приносили?!

— А мне кажется, нам не надо, дорогая.

— А летом они бесплатно присылают шоколадные ракушки с мороженым.

— Я не люблю мороженое. И ты тоже.

— Влад! Мне очень хочется! Я так редко тебя прошу о чем-то!

— Лад, ну ты нормальный человек? Ты представляешь себе, что такое миллион?

— То же самое, что и для всех остальных! Тебе просто жалко! Ты ничего не можешь для меня сделать!

Начался теннис. Я сделал звук погромче.

— Тебе лишь бы эту фигню смотреть! — разозлилась Лада. — Сам ничего не можешь! Только смотришь, как другие что-то умеют!

— Ты много умеешь! На маникюр записаться и на массаж не опоздать.

— Ах, вот как! Только это? А ты никогда не задумывался, есть ли моя заслуга в том, что ты стал тем, кем стал?

Какой идиот Макс! Не мог подарить какое-нибудь кольцо! Или два! Или десять!

— Да и кем ты стал? Ты только пьешь целыми днями и шляешься! Ты думаешь, у тебя друзья есть? Да они смеются над тобой!

Я выключил телевизор.

Надо врезать замок в кабинете.

Взорвать шоколадную фабрику в Бельгии.

Хлопнула дверь. Лада уехала.

— Аллоу.

Снова Ларчик. Это ее тупое «аллоу».

— Привет, моя дорогая. Как ты?

— Ничего. Ты как? Гуляли вчера?

— Да, поужинали тихо-спокойно. Я в два уже дома была. Как твоя Анька?

— Не пустила я ее на похороны.

— Ну, может, и правильно.

— Отправляю в лагерь. В Новую Зеландию. Там такой лагерь специальный, для девчонок. Именно шестнадцатилетних. Всего сорок человек.

— Среди учебного года? Ой, подожди, у меня домашний звонит... Але, Ларчик?

— А что делать? Ты хочешь, чтобы она ходила в школу и все в нее пальцем тыкали? Она и так знаешь как переживает? И на кладбище хотела поехать...

— Ужас. А что в лагере? Она хочет?

— Лагерь для экстремалок. Прыжки на лыжах с вертолета и все такое.

— Ну, здорово. Развеется. Она же это все любит.

— Ага. Что сегодня делать будешь?

— У Сереги какая-то бриллиантовая вечеринка. Не хочешь пойти?

— Давай, только я пить не буду.

— Я тоже не буду. Что ты ржешь?

— И такая картина часов в шесть утра: мы с тобой — в муку!

— Ха-ха-ха.

— Ну, созвонимся ближе к вечеру. Я сейчас на спорт иду.

— Давай. Я еще Вальке позвоню. И Настьке.

— Целую.

— Слушай, а туда в чем идти? Блин!

— Что?

— Ноготь сломала! Только вчера маникюр сделала.

— А у меня прямо все супер.

— Ты что наденешь?

— В пригласилке написано, что в вечернем. Не знаю. Платье, наверное.

— Ну ладно.

— Целую.

— Пока.

Изучаю список Алана Флассера в «Dressing the Man». Там написано, что мужчина должен иметь в своем гардеробе десять костюмов, десять спортивных пиджаков, тридцать шесть рубашек, десять пар брюк, три смокинга, три пальто, пятьдесят галстуков, шесть пижам, три кожаных пиджака, два халата, один плащ, запонки и носовые платки.

У меня нет носовых платков. У меня всего один смокинг. Вечно пыльный. Вешалка почему-то с логотипом «Невский Палас». У меня только три пижамы. Их покупает Лада. Как и халаты. Их действительно два.

Зато у меня два плаща и пять кожаных пиджаков. Причем я тут же решил, что один из них уже никогда не буду носить. Я его сам купил. В аэропорту в Мюнхене. Рейс задерживался, и делать было абсолютно нечего.

Галстуков у меня штук пятьдесят, но ношу я только десять. Или двенадцать.

Я не уверен, что у меня есть тридцать шесть рубашек.

У меня наверняка есть десять спортивных пиджаков, но не все этого сезона.

У меня больше чем десять пар брюк.

Вообще, какой идиот решил, что у меня должно быть всего десять костюмов?

Позвонил секретарше.

— Тань, позвони в Dolce & Gabbana. Пусть привезут галстуков. И в Brioni — мне надо штук двадцать рубашек. Пусть пришлют. И свитера от Zegna. Все — завтра в десять утра.

Раньше моим гардеробом занималась Лада. Как-то очень незаметно это перестало быть ее проблемой.

Но есть Алан Флассер и его «Dressing the Man». Странно, что в списке нет свитеров и во-долазок. Где же мне их взять?

Надо купить новый смокинг. Armani или... Ладно, посоветуюсь с Ладой.

BMW передо мной моргнул своим двухступенчатым стоп-сигналом. Я притормозил.

Зазвонил телефон.

Даша выздоровела. Она приедет в офис.

— Живы? — Даша разглядывала разноцветных рыбешек.

У меня складывается такое впечатление, что они еще нас переживут.

— Живы. Хотя как они могли прожить столько времени без тебя — непонятно.

— А я сегодня последний день.

Только бы она не расплакалась.

Интересно, если ее взять с собой на стадион... Наверняка будет кричать громче всех. Еще и свистеть научится.

— Сегодня День Аэрофлота.

— Да ты что, Даш, серьезно?

Я так удивлялся, как будто не был два часа назад в Управлении авиации и не пожал пару десятков рук в связи с этим замечательным праздником.

Оказывается, кроме управления его отмечают еще некоторые штатские. Даша и ее подруга.

Кстати, в Управлении авиации мне подарили настоящую военную винтовку. Их так Министерство обороны поздравило.

Мне давно не было так весело в два часа дня. С чашкой кофе на столе.

— Даш, неужели мы с тобой расстанемся в такой день? А? Нет, прошу тебя!

— Давай работать.

Маленькая такая, а с характером.

День Аэрофлота. Может, она о летчике мечтает?

— Повторяй за мной: ПРА-ПРЯ, ПРО-ПРЕ.

Я повторял. Мне даже казалось, что в этом бреде есть особый смысл, который мне предстоит понять. А она уже поняла.

— ПРА-ПРЯ, ПРО-ПРЕ.

Она так смешно благодарила меня по телефону за холодильник. Не ахала и не охала. И не визжала. И не льстила. Обычно все делают именно так. Даже Лада.

Она спросила, сколько она должна.

Первый раз в моей жизни.

Обычно девушки подарки и помощь воспринимают как должное.

Захотелось отправить ей всю бытовую технику, которая есть в каталоге магазина «Партия». Или какого-нибудь другого. Но в тот день Лада устроила очередную истерику, и я про свои планы забыл. Жалко. Представляю, как бы она радовалась.

По-хорошему, ей бы квартиру поменять. Еще эта ее подруга.

Велел секретарше решить вопрос по поводу Макаровны. Зачем мне Макаровна?

Радиоведущая шлет sms. Подожду еще денька два, и можно будет сразу в «Палас» везти. Нет, подожду четыре. Чтоб наверняка.

Ужинал с Олегом.

Он сбежал из дома, от всех этих пеленок, детских криков, тупой няньки. Его жена считает, что для того, чтобы в Олеге проснулись отцовские чувства, он должен испытать все трудности, связанные с рождением ребенка. Она постоянно сует ему в руки орущий кулек, который обильно срыгивает ему на новый пиджак.

При этом секс его жену перестал интересовать как некий атавизм.

— Она меня постоянно контролирует, — жаловался Олег, заказывая себе четвертый виски и отправляя бутылку Моёт девушкам за соседний стол. — Она звонит мне десять раз в день. Если я на совещании, она думает, что я с девкой.

Натюнингованные девицы в коротких юбках, получив шампанское, улыбались и выставляли из-под стола ноги. Я думаю, в чулках.

— Вась, я приду домой, и мне придется жрать ее ужин. Хотя я и поел здесь с тобой. Но ей это невозможно объяснить. Она устроит скандал и выкинет тарелку в окно.

Силиконовые груди девиц были похожи на футбольные мячи со шнуровкой.

Олег вернулся домой в семь утра. Надеюсь, что к этому времени он проголодался.

Если ты еще раз с вечера не предупредишь меня о каком-нибудь очередном празднике, я предупрежу тебя об увольнении.

— Алло.

— Валь, спишь?

— Лад, а сколько времени?

— Девять утра.

— Ты с ума сошла? Я сплю.

— Валь, давай сделаем себе сиськи!

— Сиськи?

— Ну да.

— Давай часа через три созвонимся.

— Нет, давай сначала решим. Будем или не будем?

— У всех сиськи.

— В том-то и дело — у всех сиськи! Скоро лето — купальники!

— Мой муж говорит, что чем меньше у женщины грудь, тем ближе к сердцу она воспринимает действительность.

— Хм...

— А что говорит Влад?

— Да при чем здесь Влад?

— А что тогда?

— Не знаю. Старею, наверное.

— Давай поспим.

— Ну ладно. Некомпанейская ты какая-то.

— Целую.

— Целую.

Приехали криминальные авторитеты. Из провинции. Золотые цепи, пальцы козой. Карикатура на Москву конца 1980-х.

Имеют виды на Димкин завод.

Мы рассказали им про то, что они нормальные ребята. И мы — нормальные ребята. И это — наш завод. Но если они хотят, мы можем замутить что-нибудь совместное. Пусть дают идею. Согласны на любое предложение. Они рады. Завтра они уедут думать. Конечно, ничего не придумают. Извилин не хватит. Не они первые, не они последние.

Через несколько месяцев их поубивают. Или посадят. Приедут следующие. С тем же текстом. И так же уедут думать. Но сначала всех их, по очереди, Димка поведет в театр. У бандюков к театру историческая любовь. Еще со времен коза ностры. Впервые Италия узнала о существовании мафии благодаря опере «Мафиози из тюрьмы "Викария"».

И с тех пор на сцене — прообразы этих героев, а герои старательно подражают своему сценическому воплощению. Сейчас все они хотят быть похожими на Сашу Белого. И, как Саша Белый, ходят в Большой театр. Вот что значит просветительская деятельность кинематографа.

Лада с утра поздравила с Днем влюбленных. Очередной идиотский праздник. Я не купил подарок. Лада не закатила скандал. Она грустно улыбалась, демонстрируя мне намерение стоически перенести все несчастья, которые ей уготовила судьба. Главное ее несчастье — это я.

— Дорогая, давай встретимся вечером и поедем вместе выберем тебе подарок. А потом поужинаем.

— Мне было бы приятно просто увидеть цветы сегодня утром.

— Я негодяй. Но ты же знаешь, как я буду переживать.

Ее грустный взгляд в окно.

Я уже знаю все, что будет дальше.

— Дорогая, что насчет вечера?

— Ничего.

— Ты будешь дома?

— Нет.

— Точно?

— Точно.

Ну и черт с тобой.

Рыбы в аквариуме были мало похожи на жертв.

— Таня, если ты еще раз с вечера не предупредишь меня о каком-нибудь очередном празднике, я предупрежу тебя об увольнении. За пятнадцать минут.

Вызвал Лену. Как всегда, улыбается.

У нее наверняка большое будущее. Работать одновременно на всех кандидатов в нашем штабе — это скорее ее идея, чем моя. За дополнительные деньги она рассказывает мне об избирательных технологиях моих соратников.

— Брежнев создал собственный штаб, — сообщила мне Лена, разглядывая акулу.

— А деньги где взял?

Она пожала плечами.

Наверняка продал свою картину какому-нибудь губернатору. Задорого. Я бы с удовольствием взял кисть и воткнул ее ему в ухо. Никакой благодарности у этих художников.

— Он плакаты готовит для избирательного пункта. Вы ведь сами ему поручили?

— Ну и что? Кому ж еще поручать, как не ему?

— Ну так вот, от лозунга «Все на выборы!» стрелка будет идти не на всех кандидатов...

— Вот баран!

— Правильно. Стрелка будет направлена на его портрет!

— Убью! — Я вскочил с кресла. И денег даешь людям, и помогаешь, а они?!

— Не можете, — улыбнулась Лена.

— А что будем делать?

— Мы же характеристики кандидатов печатаем?

Я кивнул.

Она снова улыбнулась:

— Набьем все тексты черным по красному фону: вообще не читается. А вашу — белым по черному.

— Неплохо.

— Я гарантирую, что девяносто пять процентов пришедших на избирательный пункт людей прочитают только вашу характеристику.

— Ладно. Сделаем.

Она — молодец. И симпатичная. Уверен, что это не последние ее выборы.

Я поручил ей передать винтовку из Управления авиации в школу, в их Музей боевой славы.

Приехала Даша.

Как всегда, разложила на столе карточки со своими идиотскими слогами. И звуками.

Вот кто всегда в курсе всех праздников. Вот кому приятно было бы сделать подарок. Но не деньги же ей дарить.

Я нарисовал волка. Такой волк года три висел на трюмо в Ладиной ванной.

— Спасибо. Я тебя тоже поздравляю.

Теперь такой волк будет висеть в Дашиной спальне. Или она его будет хранить под подушкой?

— А где подарок?

— Дай мне чистый листок.

— Нет! Обезьянничать не надо! Давай свое что-нибудь.

Она послала мне воздушный поцелуй. Без всякого кокетства. Она не дала мне себя поцеловать. А ведь хотела, сто процентов. Хотела еще как!

Молодец Даша. Странно, что еще встречаются девушки, которые думают головой, а не всем остальным. Конечно, я могу ее поцеловать, если захочу. И не только.

— Приглашаю тебя сегодня на ужин. Согласна?

Идиот, ну зачем это?

— Согласна.

Мы неплохо поужинали. С ней смешно болтать. У нее острый язык. И она, конечно, не дура.

С ней я чувствую себя мальчишкой, которому хочется прыгнуть с обрыва, чтобы произвести впечатление.

Позвонила Лада и попросила срочно привезти таблетки от головы. Она дома, одна и несчастна.

Наверное, сорвалась ее тусовка.

Отправил Дашу домой и повез жене таблетки. Можно было, конечно, с охраной отправить, но не в день же этих долбаных влюбленных.

— Да?

— Насть, привет. Как долетела?

— Нормально. Немного трясло, но я сразу начала пить вино. У меня был такой симпатичный сосед! Профессиональный гонщик.

— Профессиональный гонщик — это альфонс?

— Нет. Это даже не тот, кто гонит.

— А что в Милане?

— Встретила Кису. Идет по улице, рыдает в голос. Я говорю: «Киса, боже мой, что случилось?» Думала, с ее мужиком что-то...

— И что она?

— Ей просто сапоги не достались. Атласные от Roger Vivier за пятнадцать тысяч евриков. Видела их?

— Видела. Расшитые. От Лезара. И что, она прямо рыдала?

— Ага.

— Во дает!

— А ты как?

— Мой позавчера тоже шопинг делал. Нам сюда пол-Третьяковки привезли. Ты бы видела, что он выбрал! Блин! Я никогда к этому не привыкну.

— Ужас?

— Ужас. Надо было мне, конечно, дома быть.

— Ну конечно! Ты же его всю жизнь одеваешь!

— И не только.

— А мужики этого не ценят.

— Ага. Тебе твой что-нибудь на День влюбленных подарил?

— Не-а. Цветы.

— А ты ему?

— Аромат Presence Cool от Mont Blank. А что ему еще дарить?

— Хороший?

— Ничего, он любит такие.

— А. Ну что делать будешь?

— Через час эпиляция, а потом пообедать можно.

— Давай.

— Ну, созвонимся.

— Ага. Пока.

— Целую.

Почему-то каждый раз, когда я прилетаю на Север, обязательно начинается пурга.

Возможно, она про... никогда н... заканчивает...ся.

Петька открыл ресторан. Триста человек гостей, восемьдесят человек прессы.

Нельзя не пойти. Обидится.

А потом, нам сейчас любая реклама, кроме некролога, — то, что надо.

Я заехал за Дашей.

Все девушки утверждают, что они очень разные.

Даша опаздывала уже минут на двадцать. Как и все остальные. Всегда.

Даша вышла в джинсах. И в ужасном пальто. Скажут, что я девок уже на улице подбираю. Зачем я ее взял? Идиот!

Она села в машину надутая и злая. Отвернулась к окну.

Мне захотелось к Сане, в Doll's. Ладно.

В конце концов, давно бы уже мог купить ей одежду.

— Забыл тебя предупредить: это официальное мероприятие. Так что мы сейчас заедем в магазин и попросим поменять твои джинсы на что-нибудь более подходящее.

Я думал, она не выйдет, пока я не открою ей дверцу. Вот, думаю, нахваталась.

Оказывается, она не хочет выходить вообще. Ей не нужна одежда. Не нужно ничего.

Может, разводит? Цену набивает?

Нет, упиралась изо всех сил. Ей, наверное, мама запрещала брать подарки у малознакомых мужчин.

Охрана еле сдерживается, чтобы не хохотать. Такого они еще не видели.

Она испуганно озиралась по сторонам. С надеждой смотрела на меня.

Костюм на манекене вроде ничего. Я представил, что бы выбрала Лада.

Пусть померяет костюм, а там посмотрим. Она вышла из примерочной. Босиком. У нее отличная фигура. Да она просто красотка!

Интересно, она в чулках или в колготках?

Понятно, при каких обстоятельствах сочиняются сказки про гадких утят. И про их чудесные превращения.

Велел дать ей каблуки.

Она кинулась мне на шею.

Если бы до сих пор я не знал, зачем нужны деньги, то сейчас я бы понял.

Журналисты набросились на нас с фотокамерами.

Чего не сделаешь ради бесплатного пиара? Даже будешь идиотски улыбаться в объективы.

Даша держалась отлично. Она хорошо смотрелась рядом со мной.

Светских хроникеров интересовало, кто она такая.

Я отвечал:

— Не завидуйте.

Мне были приятны взгляды, которые на нее бросали все без исключения мужики.

Конечно, без вопросов о жене вечер не обошелся.

Они сами вынуждают нас врать. Даже лучшие из них.

Им обязательно надо расширять завоеванное пространство. Параллельно поучая нас и воспитывая. И они сами не замечают, как из воспитательниц превращаются в дрессировщиц.

Я отвез Дашу домой.

Она не сразу вышла из машины.

Я решал: поцеловать ее или нет?

Лучше не начинать. А то еще на чай напрошусь!

Оставь аспирантку в покое.

Охранник открыл ей дверцу, я передал ее сумку.

Сумка была доверху набита скотчем и обрывками веревок. И еще чем-то. Не понял. Это нужно, чтобы сумка форму держала?

Надеюсь, это не из ее лифчика?

Утром пришлось лететь в командировку.

В один из двухсот штабов партии.

Городок на севере России. Двести пятьдесят человек населения.

Встретился со штабом. Приехал туда прямо с самолета, чтобы не терять время.

Торжественно раздали партбилеты.

Пафосно, с речами и аплодисментами, приняли в партию мэра города. Недорого. За три миллиона.

Сразу же вступили в партию все его замы. А потом замы замов, конечно, тоже.

Все проходило очень бодро, на высоком идеологическом уровне.

Поехали на глиняный завод. Стратегическое место. Хотя, конечно, об этом давно уже никто не вспоминал.

Теперь он был стратегическим только для нас. Основная часть жителей — рабочие этого завода.

С оптимистичными лозунгами и красной скатертью мы вручали значки и удостоверения.

Я снова выступил с речью.

Только броневика не хватало.

Хорошо поработали агитаторы: заявлений о приеме в партию было больше, чем заготовленных партбилетов. Торжественная часть закончилась.

Дальше полетели на вертолете. На охоту. Решили завернуть в какой-то мелкий населенный пункт для агитации.

Всем выдали тулупы. Со мной были начальник штаба, мэр и два его помощника.

С вертолета пересели на вездеход.

Ветер усиливался.

Мэр сказал, что может начаться пурга.

Я решил не возвращаться.

Раз уж прилетел — время терять не хотелось.

А надо было вернуться. И спокойно переждать пургу на заимке.

Упрямый баран.

Почему-то каждый раз, когда я прилетаю на Север, обязательно начинается пурга.

Возможно, она просто никогда не заканчивается.

Навигатор не работал, села батарея. Как назло.

Снег забился в нос, глаза и уши. Вокруг ничего не было видно, а скрипучий вой ветра заглушал голоса.

Мы двигались наобум.

Было такое ощущение, что это никогда не кончится. Отличное средство забыть обо всех проблемах — промерзнуть до костей.

Мы заблудились.

Пурга могла продолжаться несколько суток.

Нам оставалось минут тридцать пути.

В разгар агитации пурга утихла.

Вездеход остановился на берегу озера.

Следующая часть нашей программы — охота.

Пятистенка, в которой накрыт отличный стол.

Нигде не бывает такого аппетита, как здесь.

Традиционно стол оплачивали местные коммерсанты, которым обещали знакомство с заезжим московским гостем. И обрисовали возможные перспективы этого знакомства.

Все они пришли на поклон, и я долго выслушивал их предложения. По очереди. И пил водку.

Это длилось почти до утра.

Привезли девок. Крепких, коренастых, хохочущих.

На охоту отправились только через день. Потому что запах перегара распугал бы всех зверей.

Сели на снегоходы, потом встали на лыжи. Потом долго шли пешком, чтобы не спугнуть медведя. Медведя-шатуна.

Это была моя вторая охота. Мороз не чувствовался, воздух был наполнен предвкушением. И мы все дышали этим воздухом.

Медведя гнали ягдтерьеры, потому что температура была около минус сорока. После тридцати у лаек промерзают соски, и тогда работают злющие ягдтерьеры.

Я стоял по пояс в снегу, когда начался загон.

Медведь вышел прямо на меня. Впервые в жизни я понял правильно смысл выражения «один на один». Ничто вокруг не существовало.

Я дергал предохранитель на своем карабине, а медведь приближался ко мне, глядя куда-то в землю.

Очень четко я осознал, что от мороза на предохранителе замерзла смазка.

Медведю до меня оставалось метров восемьдесят.

Я нащупал в кармане нож, достал, дрожащими руками сбил льдинку с предохранителя.

Когда до медведя оставалось тридцать метров, я выстрелил в него разрывной пулей. Попал в глаз.

Медведи как люди — падают вперед. Затылка не было. Черно-красные мозги медленно впитывались в снег.

Пот оседал инеем на моей трехдневной щетине.

Тридцать километров на лыжах я пробежал молча, даже ни о чем не думая.

Мне протянули стакан водки, и я выпил его залпом, жадно, как рассол с похмелья.

— Я убил медведя, — сказал я.

Меня отвели спать.

Я проспал сутки.

Пахло едой.

Из лап застреленного мной медведя приготовили пельмени. Они ароматно дымились в огромной деревянной плошке посередине стола.

Я попросил баранины.

Вертолет доставил меня в аэропорт.

Лады нет дома. А я думал, она ждет меня на завтрак.

Она уехала. Домработница сказала:

— Учительница ваша с ней. Вместе они.

Позвонил Ладе.

Лада хорошо водит. По-мужски. И ей нравится. Говорит, что это ее успокаивает. А то бы давно водителя взяла.

Она опять где-то бросила свою машину. Около какого-то очередного ночного клуба.

У меня было только одно условие — больше чем бокал вина за рулем не выпивать.

Видимо, выпила больше.

Они у толстого Ларчика. С Дашей.

Я сам за ней заехал. Лада не спустилась.

Повторял все эти идиотские звуки и учил тупые скороговорки.

Смеялся и дразнил ее.

Она краснела и иногда дерзила.

В понедельник Лада объявила, что у нее начинается пост. Она подарила домработнице книгу о вегетарианской диете.

Ее пост продлится до 22 апреля.

Это будет строгий пост. В нем не будет ни мучного, ни жареного, ни мясного, ни секса.

— Дорогая, ты с ума сошла? Полтора месяца без секса?

Да она сама столько не выдержит.

— Я бы на твоем месте тоже придерживалась бы поста.

— Мне кажется, я пока не готов.

— А зря.

— Лад, я понимаю — мясо. Что там еще? Мучное. Но при чем тут секс?

— Ну это же не я придумала.

— А мне-то что делать?

— Я тебе сказала.

— У тебя крыша поехала от пьянства.

— После этих слов я бы рекомендовала тебе бежать в церковь и ставить свечки. И знаешь что?

— Что?

— Будь добр относиться с уважением к тому, что я делаю.

Во вторник Лада продемонстрировала мне билет бизнес-класса Москва — Цюрих. На завтра.

— Я улетаю с Валькой в горы. На десять дней.

— Это потому, что на беременных и странствующих пост не распространяется?

У Лады было отличное настроение. Она хихикала, рассматривая свой сноубордический костюм.

— Это, кстати, тоже серьезный плюс. А поскольку забеременеть я не могу, то приходится путешествовать.

У меня никогда не будет детей. Диагноз — аспермия. Не лечится.

Соответственно у Лады никогда не будет детей.

И она никогда не сможет сослаться на беременность во время поста.

Я предупредил ее об этом до того, как сделал ей предложение.

— Это точно не лечится? — Она смотрела на меня с ужасом.

— Точно.

Она сказала, что ей надо подумать. Я согласился.

Она не звонила четыре дня.

Я решил, что никогда уже не увижу ее. Я не выпускал из рук телефон ни на минуту.

Она позвонила ночью, когда я уже спал. Телефон лежал рядом с подушкой.

— Я не поняла, ты вообще сделал мне предложение?

— Пока нет.

— Ах вот как! — И она повесила трубку.

Через полчаса я был у нее. И в моей машине было столько цветов, сколько могло в ней уместиться.

Лада сказала, что мы возьмем несколько букетов, а за остальными спустимся утром.

Утром Ладин сосед, сочувственно наблюдая, как мы таскаем цветы из машины, сочувствующе поинтересовался:

— Что, цветочная палатка прогорела?

Лада собирала вещи.

— Но через неделю — Восьмое марта! Ты хочешь уехать на Восьмое марта?

— А смысл мне оставаться? Ты все равно меня не поздравишь и весь день проведешь в банке.

— А если я обещаю тебя поздравить и вообще не ходить в банк?

— Поздно. На самом деле я думаю, что в душе ты мне благодарен. Я избавлю тебя от огромной головной боли под названием Восьмое марта.

— Спасибо, дорогая.

— Не за что, дорогой.

Сразу же после выборов займусь своей семейной жизнью.

Может, я умер?
И это ад?
Хотя все указывало
на то, что это
скорее рай.
Для девочек

—Да?

— Насть?

— О, привет! Как дела?

— Ничего. Сейчас ругалась с домработницей.

— А чего она?

— Да раздражает меня, носки один в другой засовывает! Я ей тысячу раз это говорила! Ужас!

— Во-во. А моя и чулки так складывает.

— Да эта тоже, блин!

— Ты чего сегодня будешь делать?

— Не знаю. У меня машина в сервисе. Надо забирать ехать.

— Лад, а чего ты водителя не заведешь? Я не представляю, как самой по сервисам ездить!

— Ну, я у Влада беру, когда надо.

— А выпивать? Ты же вечно ее бросаешь где-нибудь!

— Зато никто не знает, где я и с кем.

— Тоже правильно. Все-таки они все стучат.

— Ага.

— Тебе массажист не нужен? Клевый!

— Нужен.

— Он делает аюрведический массаж.

— Это как?

— Скраб сначала, потом массаж и растяжка.

— Как тайский?

— Ну, такое — все вместе.

— Мне надо стол купить.

— Ольга купила. За тринадцать тысяч. Он там с подогревом, весь электрический, какие-то валики, еще чего-то.

— Клево.

— Ага. Я возьму у неё адрес.

— Возьми.

— Ну, ладно, заберешь машину, звони, окей?

— Окей.

Я взял Дашу, и мы поехали к Толику на шашлык.

Зима наконец-то закончилась. От нее остались только грязные разводы на когда-то белоснежном фасаде Толикова дома. И утренние морозы.

Пили виски. Пить на улице хорошо тем, что можно выпить много.

И свежий воздух — полезно.

Пели караоке. Я спел всего одну песню — «Орел». Но с душой.

Даша не пела.

Она пила вино и болтала с девушками. Надеюсь, мне не придется нести ее на себе.

В машине начали целоваться. Наверняка утром буду жалеть.

Поднялись к Даше домой.

Она сварила отвратительные пельмени.

Я все их съел.

После длительного препирательства я лег спать в комнате ее подруги.

Когда я проснулся и открыл глаза, то сначала испугался.

Рядом с моей тяжелой гудящей головой лежало несколько розовых подушек-сердечек. На окне стояла нарядная кукла в золотой короне. Одеяло было с кружевами.

Гнетущая тишина давила на уши.

Я подумал, что я в раю. Может, я умер? И это ад? Хотя все указывало на то, что это скорее рай. Для девочек.

Тогда где они?

Открылась дверь, и появилась Даша.

Слава богу, я не умер.

Я искренне обрадовался Даше, и она это оценила.

Утренний секс — обычно лучшее, что случается за весь день. Если, конечно, это — хороший секс.

Но самый главный его плюс в том, что ты думаешь: если уж утро началось так прекрасно, то каков будет день! Обманчивое ожидание.

И сердце прыгает в груди, как мячик во время игры в пинг-понг.

Не вовремя приехала Дашина подруга. И сразу уехала.

На какое-то мгновение мне захотелось остаться в этой комнате навсегда.

Но я не мог. Этот рай был для девочек.

— Да?

— Привет, Валь.

— Привет, моя дорогая. А я как раз собиралась тебе звонить.

— Да?

— Помнишь, тот мужик, который тебе понравился в ресторане?

— Конечно помню. Разве его можно забыть?

— Это Сашкин знакомый. Если хочешь, он может организовать совместный ужин. И ты как бы случайно появишься.

— Неплохо.

— Правда, Сашка сказал, что он — альфонс.

— Да? Ну тогда я ему точно понравлюсь.

— Ха-ха. Значит, договариваюсь?

— Давай. Только прямо на ближайшие дни, а то я потом в горы улечу.

— Может, вместе и улетите?

— Ха-ха.

— Ну ладно. Позвоню.

— Целую. Слушай, а ты его помнишь? Он ведь и вправду симпатичный?

— Да он офигительный!

— Ну, клево. А то я думаю, может, я просто много выпила?

— Нет-нет-нет. Он — супер!

— Ну ладно.

— И у него, кстати, все друзья клевые.

— Окей!

Если бы моя акула была просто ленивая, она бы не носилась по аквариуму как атомная подводная лодка. Значит, это не лень. Никакого другого объяснения тому, что эти несчастные разноцветные рыбешки еще живы, я найти не мог.

Зашел Димка.

— Слушай, у Зюганова в кабинете портрет Пушкина висит. А ты кого собираешься повесить?

— Мы — за развитой социализм. Мы...

— Брежнева, что ли?

— Брежневым у Ярослава все стены обвешаны и еще на потолке портрет.

— Да, я видел. С нимбом.

— Поэтому у меня будет Ленин.

— Патриотично. И без всякого намека на левый радикализм.

— Энди Уорхолла. У него есть два: один с голубой бородой, другой с красной. Как думаешь, какой лучше?

— С голубой как-то... Тоже, конечно, позиция. И электорат дополнительный подтянется...

— Да, но братву потеряем. Поэтому пусть Ленин будет с красной бородой.

— Аминь.

— Узнай, можно его купить?

— На последнем «Сотби» Уорхолл ушел за десять с половиной. Не помню, чей портрет.

— На правое дело денег не жалко.

— А может, Мэрилин Монро? Мне нравится.

— Вась, мы же не студия звукозаписи! Посерьезней, пожалуйста, с идеологией.

Димка подошел к аквариуму.

— Все филонит?

— Ну да.

— Может, это не акула?

— Акула. Я уже сам проверил. Танька какого-то профессора вызывала.

— Может, болеет?

— Нет, здорова.

— Тогда, наверное, просто дура.

— Посмотрим.

Мы собрали заседание штаба и утвердили характеристики в Центризбирком. В них на каждого кандидата от нашей партии было четко выверенное и со всеми согласованное количество хвалебных слов. И каждый из кандидатов ревниво следил за тем, чтобы другого не похвалили больше.

Утверждение бюллетеня заняло часа два. Причем большую часть совещания Брежнев провел в истерике.

Это был День работников уголовно-исполнительной системы. Я позвонил Мишане и сказал, что заеду за подарком для министра юстиции. Интересно, что он ему подберет? Платиновые наручники? Или ограничится запонками?

Заседание закончилось, и в моем кабинете остались только Лена и Димка.

— Завтра бюллетень будет в Центризбиркоме, — объявила Лена. Она сидела на моем диване и покачивала ногой.

Почему она не берет деньги у отца? Хочет в европейских традициях сама сделать себе карьеру? А может, доказать папаше, что она не хуже его? Вот это у нее вряд ли получится. До папаши ей, конечно же, далеко.

— Какие предложения? — поинтересовался Димка.

— Занести деньги председателю. — Других предложений у меня не было. — Написать заявление и сдать новый бюллетень.

— С развернутой характеристикой Владимира Викторовича, — подхватила Лена.

— Так и сделаем, — согласился Димка.

— Что у нас во вражеских штабах? — спросил я.

— Во вражеских все под контролем, — ответила Лена. — Проблема в школе.

— Мальчики перестали обращать внимание на девочек? — Димка изобразил на лице ужас.

— Ага, — подхватила Лена, — поэтому они раздобыли патроны и начали стрелять в музее из нашей винтовки.

Только этого мне не хватало.

— Боевыми?

— Боевыми. — Лена кивнула. — Но, слава богу, только в потолок.

— Езжай в школу. Хотя это больше вопрос к администрации. Пусть получше следят за боевым оружием. А если бы у них пулемет был? Чапаевский?

— Или танк? — предположил Димка.

— Тьфу-тьфу-тьфу. — Лена постучала по столу.

Потом я поехал в Министерство юстиции, а Лена — в школу.

Приехала Даша.

У нее в телефоне я записан как «вредина». И у нее правда есть отрывной календарь. И она действительно отмечает все эти праздники.

Надо сделать ей подарок на какой-нибудь День народонаселения. Купить квартиру.

Или машину на День работников ГАИ.

Даже поручил секретарше узнать, когда он будет. Оказывается, в июле. Не скоро.

Мы оставались на ночь в «Паласе».

Днем ходили обедать.

Я выучил штук пятьдесят скороговорок.

Она слушала нашу попсу.

Она ела все подряд, вне зависимости от калорий.

В Швейцарии случился снежный обвал. Я посоветовал Ладе не кататься. Она обещала, что не будет, но наверняка катается.

Лада должна была вот-вот прилететь. Домработница накрыла завтрак для нас двоих.

Я стоял перед зеркалом и разглядывал новую морщину под левым глазом. Лада предлагала втирать в нее крем. Думаю, это бесполезно. Хотя почему бы не попробовать.

Она же предложила сбрить бакенбарды. Потому что бакенбарды у меня стали с проседью.

Лада позвонила из аэропорта.

— Дорогой, ты во сколько выходишь из дома?

— Дождусь тебя и сразу поеду, дорогая.

— Ну ты езжай тогда и меня не жди. Я к Ларчику хочу заехать прямо сейчас. А мы с тобой увидимся вечером.

Я повесил трубку. Втер под глаз еще одну порцию крема. Улыбнулся своему отражению, отчего морщины стали похожи на кратеры, если их фотографировать из космоса. Велел домработнице убирать завтрак. Набрал Ладин мобильный.

— Лада, а ты считаешь нормальным общаться с Ларчиком, если я тебя просил этого не делать?

— Дорогой, не начинай. Я считаю, что есть твои отношения с ее мужем и есть мои с ней.

— Но ее муж должен не мне, а нашей семье. К которой ты имеешь непосредственное отношение.

— А она-то тут при чем? Не она же брала у тебя эти паршивые деньги?

Лада орала в трубку, перекрикивая объявления о прилетах самолетов.

— На эти паршивые деньги он покупает ей цацки и шубы! А ты приходишь домой и мне про них рассказываешь! И эти паршивые деньги я, между прочим, зарабатываю! А если бы мне захотелось куда-нибудь деть пятьсот восемьдесят тысяч, я бы придумал что-нибудь получше, чем бриллианты для толстозадого Ларчика!

— Ты все сказал?

— Я буду занят вечером!

— Не сомневалась!

— Давай!

Я вытер остатки крема с лица. Главное — продержаться еще лет десять. А там уже что-нибудь изобретут. Для вечной молодости.

Сдохла

моя

акула.

Даша

сказала —

от

одиночества

Сдохла моя акула.

Этого я меньше всего от нее ожидал.

Валялась на дне аквариума, запутавшись в водорослях, как пустая бутылка в кустах.

Даша сказала — от одиночества. Что знает Даша про одиночество?

Женский ум — это интуиция. На уровне подсознания.

Потому что в сознании женщины бывают редко.

В кабинет ворвалась Лада. Устроила сцену ревности. При Даше.

Видимо, отметили у Ларчика ее приезд. Нет, абсолютно трезвая. Ах да, пост.

Выглядела она отлично. Отдохнула и загорела.

Вообще Лада мало изменилась с тех пор, когда мы с ней познакомились.

Это была единственная женщина, чья внешность производила на меня сильное впечатление всегда.

Хорошо, что она не наговорила гадостей Даше. Почти не наговорила.

Даша вовремя выскочила из кабинета.

Вечером Даша не перезвонила.

Она поехала с подругой по магазинам и, видимо, увлеклась..

Мы ужинали с Димкой и Саней.

В «Базаре», в Жуковке.

Между столов бегала Санина собака. Как всегда, собирая для нас девиц.

Почему все девушки так любят этих маленьких глупых собачек?

Вообще-то надо же им чувствовать свое превосходство. Хоть над кем-то.

Я взял ризотто с грибами и белое вино.

— Как ризотто? — поинтересовался Димка.

— То, что надо. Кстати, рис абсорбирует алкоголь.

— Да? Важная информация.

— Запиши.

— А я вообще отказался от хлеба, — сообщил Саня и кинул собаке кусок хлеба размером с ее голову. Она набросилась на него, словно не ела три дня.

Подошла Таня Мелконова, хозяйка ресторана. Возмутилась, почему не покормили собаку. Пришлось заказать собаке мясо в специальной миске.

— И перед едой обязательно съедаю яблоко, — продолжал Саня.

— Зачем? — поинтересовался Димка.

— Расщепляет жиры.

— А я на белковой диете сижу. Только белки. В любых количествах. Уже на три килограмма похудел!

— За сколько? — Я покосился на Димкин живот.

— За восемь дней.

Сомелье принес вторую бутылку.

— А у меня Ладка пост соблюдает. Вжесткую.

— Я в прошлом году сладкое не ел. Весь пост. Тоже, кстати, прилично похудел, — Димка задумался, — килограммов на шесть, по-моему.

Собаку поймала девушка за соседним столом. Взяла ее на руки и целовала в мокрый нос.

Саня смотрел на нее с таким выражением, будто сейчас расплачется от умиления. Если бы этот взгляд он не оттачивал при мне еще лет пять назад, я бы в него поверил.

— Как у тебя-то? — спросил я Димку.

— Да... Теперь ремонт надоел, и у нас новая тема.

— Замуж?

— Ребенка. Ей уже столько лет, и все такое, и надо определяться, и я ей обещал...

— Да... Может, сигары возьмем?

Нам принесли хумидор. Я взял Davidoff Grand Cru.

— Сейчас еще с женой на лыжах уедем кататься, вообще такое начнется! — Димка выбрал Cohiba Robustos.

— Так ты ее с подружкой отправь куда-нибудь. На шопинг, в Милан. Или лучше в Лондон, — посоветовал Саня.

— Не хочет. Говорит, что без меня больше никуда не поедет.

— А ты ей сроки определи. Скажи: дай мне год. И я обещаю тебе в течение года развестись.

Димка посмотрел на меня с сомнением.

— Конечно, — поддержал Саня. — А где год, там еще полгода. Итого — полтора года спокойной жизни.

Девушка с пластмассовыми губами диктовала Сане свой телефон.

Собака, уже никому не нужная, одиноко поскуливала под столом.

Лада снова закатила скандал.

Кто-то ей сказал про Дашу. Хотя, может быть, она имела в виду Рыжую. А может быть, радиоведущую?

Она точно знает, когда я бываю в «Паласе» и сколько времени я там провожу.

Откуда?

Я клялся, что все это неправда. Я обвинял ее в том же самом, я обижался, я кричал.

Лада была расстроена. Она потребовала, чтобы мы сейчас же поехали в магазин поднимать ей настроение.

Настроение моей жене поднимали только бриллианты, каратностью от трех.

Поели в новом ресторане ее подруги и приехали домой.

Начали целоваться еще в лифте. Она зажала мне рот рукой, когда я спросил ее про пост. И воздержание.

Мы даже не дошли до спальни.

— Скажи, что у тебя никого нет, кроме меня! — прошептала Лада, сдирая с меня брюки.

Я поклялся, что никого.

— А у тебя?

Она обозвала меня дураком. И я с этим согласился.

Даша привезла стихи.

Так же, как и все, по привычке бросила взгляд на аквариум.

Так же, как у всех, ее взгляд на разноцветных рыбешках не задержался.

Даша выглядела обиженной.

Она язвила и вспоминала Ладу.

Я пытался ее развеселить.

Она, как и все женщины, получала удовольствие от того, что появилось нечто, в чем меня можно упрекать.

И делала это с изощренностью, которая у них у всех, наверное, врожденная.

Надо было в этой книжке, которую она привезла, выбрать стихотворение про любовь. Не сообразил.

Вечером поужинали в «Паласе», но Даша отказалась остаться там на ночь.

Я боялся выяснения отношений: упреков типа «Ты меня не уважаешь», вздохов «Конечно, кто я? Пустое место», вопроса «Ты меня любишь?» и резюме «Ты должен развестись прямо сегодня, или мы больше никогда не увидимся».

Ничего такого Даша не сказала.

Но дала понять. Взглядом и поведением.

Я отвез Дашу домой.

Возвращаться в «Палас» с кем-нибудь еще не хотелось.

Лада была дома и спала.

Я выключил лампу с ее стороны кровати. Поднял с пола журнал Vogue.

Налил себе виски.

Тема по имени Даша закрыта.

— Аллоу.

— Привет, Ларчик. Как дела?

— Ужас.

— А что случилось?

— Помнишь девочку, блондинку, симпатичную такую, вчера в ресторане за соседним столом сидела?

— Ну, так... Не очень хорошо. А что?

— Да у нее с мужем были проблемы. Он в Лондоне живет, его сюда не пускают. Так он хочет ребенка себе забрать. А она не отдает. А он мультик серьезный.

— Ну правильно. А они в разводе?

— Да, года два. Он уже и деньги ей перестал давать, и дом хотел отнять, и чего только не делал!

— Вот урод.

— А вчера она с няней и ребенком в Диснейленд должна была лететь, в Америку. Так ее в аэропорту с какой-то там контрабандой приняли.

— С какой?

— Точно ничего не знаю. Но это муж устроил. Ее закрыли. Он ей адвоката посылал, типа подпиши отказ от ребенка, сразу выпустят...

— Вот гад, а она?

— Она ни в какую. А ей лет пятнадцать светит...

— Ларчик, вот ужас-то. Бедная девочка.

— Да, и Танька Беркович сейчас по всем деньги собирает. Представляешь? Молодец. Мы все только охали, а она что-то реально делает.

— На адвоката?

— Адвокаты отказываются. Понимают, с кем бороться придется. Просто деньги, чтобы хоть в одиночную камеру перевели. Они же там по очереди спят, представляешь?

— Ужас. Я тоже дам. Трешку.

— Хорошо, я ей скажу.

— Блин, Ларчик, страшно подумать!

— Ну да. А мужики не верят — говорят, не мог он такое сделать.

— Да конечно, мог! Откуда тогда адвокат с бумагой взялся?!

— Да там все ясно! Представляешь, сволочь?

— Бедная девочка. Там же такие... Ужас. Представляешь эту тусовку? Унитаз за занавеской!

— Не дай бог!

— Ну ладно. Позвоню Таньке, скажу, еще трешка. У нее там уже где-то сто двадцать тысяч.

— Отлично. Пусть хоть камеру дадут нормальную.

— Ну, целую.

— Целую.

В прессе стала появляться негативная информация. Не о партии в целом, а обо мне.

Я не понимал откуда.

Лена ходила по кабинету и рассуждала на тему, как поднять мой рейтинг.

— Существует несколько PR-технологий, — рассуждала Лена, постукивая пальцем по стеклу аквариума. Рыбы в ужасе жались в угол. — Но главное — о вас должны заговорить. И разговор должен быть позитивный.

— Например?

— Например, Берлускони купил себе футбольную команду «Милан», зная, что итальянцы помешаны на футболе. И это был самый короткий путь к сердцам избирателей.

— Хочешь, чтобы я купил «Челси»?

— Невозможно. А может, у вас есть внебрачный сын, который стал известным футболистом?

— Лен, ты что — болельщица? Кроме футбола ни о чем говорить не можешь?

— Могу. Кстати, тот же Берлускони очень тщательно готовился к выборам. Даже сделал себе пластическую операцию.

Мне кажется, она покосилась на мой нос.

— А еще Берлускони...

— Лен, прошу тебя о двух вещах: без Берлускони и без леворадикальных глупостей.

— Тогда покушение.

— На кого?

— На вас.

— Ты думаешь?

— Конечно. Это поднимет и ваш личный авторитет, и доверие к партии. И вся шумиха, которая будет вокруг, увеличит электорат еще процентов на тридцать. В итоге мы переходим десятипроцентный барьер на выборах и... И вы поднимаете мне зарплату.

— Пока, если хочешь, я подарю тебе аквариум.

— Давайте. А то у меня в кабинете жизни мало.

— Забирай.

— А что с покушением?

— Подумаем.

— Хорошо.

— То есть ты уверена, что, если проплатить статьи и телевидение, этого будет недостаточно?

— Нет. Только кровь. И чем больше, тем лучше. Хотя в нашем случае неудачное покушение тоже выход.

Лена ушла. Я дал задание демонтировать аквариум.

У меня был день приема избирателей.

Приходили бабушки и жаловались на соседей. На цены. На отопление. На детей. На жизнь.

Я внимательно слушал и сочувствовал.

Обещал разобраться. С соседями. С ценами. С отоплением. С детьми. Со всей их жизнью, которую они доживают в старых квартирах, одинокие и никому не нужные старики — основная часть нашего электората. И даже если они не верили во все эти обещания, они говорили, жаловались и уходили довольные — потому что нашелся кто-то, кто их слушал.

Иногда некоторые из них впадали в маразм. Тогда они угрожали, ругались матом и требовали денег.

Мы раздавали продовольственные наборы, успокаивали, на улице становилось все теплей, и весеннее обострение пошло на убыль.

Я разобрался с депутатским наказом по одному из домов нашего округа, где надо было срочно сделать ремонт, и поехал в Госдуму готовить себе кабинет.

Я хотел иметь хороший кабинет, не меньше пятидесяти квадратных метров, на одном из последних этажей. Чем выше кабинет депутата, тем лучше. Меня бы устроил, например, восьмой.

Об этом надо было позаботиться заранее: занести деньги и договориться.

Еще надо было решить вопрос с книгой «Депутаты Госдумы». Иметь там свой портрет меньше чем на полосу я себе позволить не мог.

И этот вопрос тоже надо было решать заранее.

Приехал Брежнев.

С важным видом прошелся по кабинету.

— Один меценат... — Ярослав остановился там, где еще недавно белая акула бороздила просторы моего аквариума. — В общем, один любитель искусства... из большой политики...

— Что? — спросил я. Наверное, немного угрожающе.

— ...хочет заплатить за одну мою работу... «Рожь» называется... пятьсот шестьдесят тысяч.

— Рублей, конечно?

— Долларов.

Ненавижу идиотов.

— Но он хочет, чтобы я оказал ему услугу — снял свою кандидатуру с выборов.

Без Брежнева как официального лидера нашей партии мы не пройдем.

Нетрудно догадаться, кто этот меценат. Ильин и его партия — наши основные конкуренты на выборах.

— А как же доверие избирателей, Ярослав? — спросил я, еле сдерживая ярость.

— Влад! Я — художник.

— Так вот: как художник художнику я тебе обещаю, что после выборов твоя «Рожь» будет стоить как «Подсолнухи» Ван Гога! И даже больше!

— Да? — Брежнев задумался. — Ты считаешь?

— Я уверен.

— А я вот — нет.

Я встал, подошел к нему, положил руку ему на плечо.

— А ты с самого начала не очень во все это верил. Вспомни!

— Помню. И чего?

— Чего? А разве ты не получил именное приглашение на празднование в Кремль? На правительственное мероприятие? Через неделю?

— Получил.

— Ну? А кто знал о тебе еще совсем недавно? А? Никто! А теперь тебе президент страны лично приглашение шлет! Кстати, не опаздывай. Ни на одну секунду — это очень серьезно. Ты понял?

— Конечно. Зачем ты меня предупреждаешь?

— На всякий случай.

— Я не идиот.

— Я же сказал — на всякий случай.

Мне приснился сон. Холодно, я по пояс в снегу. На меня идет медведь. Тот самый медведь. У меня заклинило ружье. Медведь приближается. Я пытаюсь передернуть затвор. Когда я стреляю, уже нет ни мороза, ни снега. Я стою на арене цирка, а медведь, убитый мной, падает с двухколесного велосипеда, и уже не он, а я сижу на этом велосипеде, крутя педали, а сзади меня едут медведица и маленький медвежонок. Зрители хлопают, и я абсолютно собой доволен.

Димка привез меня в баню к своему соседу.

— Тебе обязательно надо расслабиться хотя бы на пару часов.

Расслабиться помогли ящик пива, сухая таранька и профессиональный банщик по имени Вова.

Он обжигал меня веником, натирал какими-то маслами и скидывал в ледяную купель.

— Как новенький будешь, — обещал Вова, и я ему верил.

Мы сидели, завернувшись в простыни, и обсуждали шаткость мироздания.

— У меня дом есть в Марбелье. На случай, если чего.

Хозяин бани был одним из первых, кто начал заниматься алкоголем, и о «если чего» знал не понаслышке.

— А у меня квартира во Флориде. Но я продать хочу. Если чего — все равно никуда уехать не успеешь. — Димка чистил тараньку так ловко, словно ел сашими палочками.

Поговорили о машинах.

Олег, хозяин бани, купил Rolls-Royce Phantom.

— Кич! Самый настоящий кич! Негра в перчатках за руль — и вперед! — так оценил его приобретение Димка.

— Почему это? — обиделся Олег. — Какой кич? Самые что ни на есть английские традиции. Я бы сказал — классика.

— Конечно классика. Нажал на кнопочку — и вылетел зонтик. Так?

— Так! — обрадовался Олег. — Рядом с водительским сиденьем.

— И чего? Ты взял зонтик и пошел?

— Да ладно! Куда я с ним пойду?

— И я про то же. Стеб, но первоклассный! Так что действительно поздравляю с покупкой!

Все оценили мое приобретение — CLS. Черного цвета.

Скоро потеплеет, буду ездить. Ладе не дам.

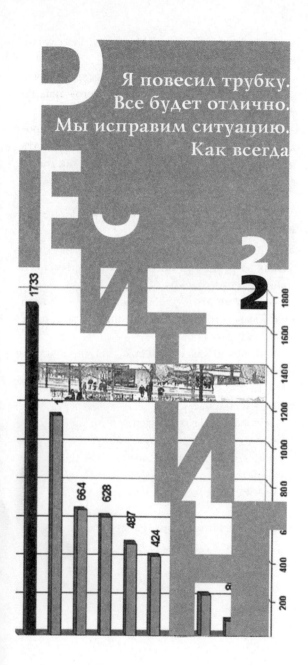

Я повесил трубку.
Все будет отлично.
Мы исправим ситуацию.
Как всегда

—Аллоу.

— Привет.

— Привет.

— Представляешь, я сейчас так смеялась!

— А что?

— Мне вчера позвонил Малыш. Домой, идиот! И попросил меня к телефону.

— Вот придурок! Не понимает, что ли, что ты замужем?

— Идиот, я же говорю. А домработка у меня — стукачка. Ну, представляешь, мужик какой-то звонит и просит меня к телефону?!

— Ужас.

— Мы посовещались с Валькой, я прихожу домой и спрашиваю: «Что, никто не звонил?» Домработка смотрит на меня и говорит: «Звонил». И тут я начинаю сыпать именами, одно звездней другого. Говорю, что водитель, не знаю, Михалкова пробил колесо, попросил у, не помню, например, Кончаловского мой телефон, а дал мой телефон Эльдар Рязанов после того, как к нему обратился Олег Табаков, потому что только мой водитель знал, где у Михалкова запаска.

— Невероятная история.

— И она под грузом всех этих имен, под явным впечатлением так задумчиво мне говорит:

«А по голосу этот водитель на педика похож». Представляешь? Я так смеялась!

— Малышу рассказала?

— Да я его теперь заподкалываю!

— Хотя у Малыша очень приятный голос.

— Конечно! В том-то и смех.

— А если она решила, что звонил педик, то ничего не стала бы докладывать.

— А кто знал-то?

— Ну да. Мы сегодня как?

— В девять, как договорились.

— Но я в джинсах пойду.

— Я тоже. Там не особо пафосно.

— А давай сегодня пить не будем.

— Давай попробуем. Но боюсь, не получится.

— Ну что, без машины мне приезжать?

— Без машины.

— Ну ладно.

— Давай, пока.

В восемь утра в банк ворвался спецназ из налоговой.

Охрана пыталась выиграть время, связаться с руководством.

Они взорвали дверь.

Спецназовцев было человек восемьдесят. По всем этажам банка звучала стандартная в таких случаях команда: «Мордой вниз!»

К тому моменту, как я приехал, они уже отключили сервер.

Я попытался договориться.

Оказалось, это спецгруппа при Минфине: К-90-Ч-30.

У них уже были все наши платежи по обналичке. Из общей массы платежей они выделялись круглыми цифрами.

Просто так Минфин не налетает. Это был чей-то заказ.

Информация о проверке банка Минфином дошла до прессы, и уже к обеду на улице собралась огромная толпа вкладчиков. Они требовали открытия банка, выплаты денег и закрытия счетов.

Вся наличность, которая находилась в банке, была изъята спецназом.

Я был готов отдать ее в качестве взятки.

Проверка длилась три дня.

Людей вокруг банка собиралось все больше.

Как обычно в таких случаях, началась паника.

Люди вывешивали транспаранты с угрозами, устанавливали дежурство и срывали мои портреты с агитационной речью.

Не могло быть и речи о том, чтобы войти в банк через центральный вход.

Паника росла, как ногти у покойника. Непроизвольно.

На третий день мы договорились с Министерством финансов.

Приехал Брежнев.

— Я требую отчета по поводу того, что здесь происходит! — заявил он.

— Все нормально. Скоро начнем выплаты.

— А это что? — Ярослав подошел к окну и сразу отпрянул от него.

— Стадное чувство. Ничего страшного. Пройдет. — Мне меньше всего хотелось объяснять что-то Брежневу.

— А где деньги?

— В надежном месте.

— А я раньше думал, что надежное место — это банк!

— Конечно. Если это твой собственный банк. Так что тебе нечего бояться.

— А с этим что делать? — Брежнев показал большим пальцем на окно за своей спиной.

— С этим разберемся.

— Когда?

— Еще пара дней.

Я вызвал Иваныча. Моего начальника службы безопасности. Иваныч зашел с ярко-оранжевой папкой. Мне всегда было интересно, что он в ней носит.

Он подошел к окну, посмотрел вниз, потом — на небо, как будто собирался составлять прогноз, и уселся на подоконник.

— Выделяйте деньги. Нужно создавать дополнительный штаб.

Я смотрел на него молча, ожидая объяснений. Иваныч объяснил:

— Кое-кто не только сливает наши технологии другим кандидатам от нашей партии, но и работает на главного конкурента — Ильина.

— И кто это? — спросил я, с трудом веря, что такое возможно.

— Лена.

— Лена?

Иваныч дал мне время осмыслить информацию.

— А с этим что? — Он выглянул в окно.

Люди уже начинали бросать камни.

Пришлось выставить охрану по периметру банка.

— Завтра начнем выплаты. Лену пока оставим.

— Окей. — Он кивнул.

— Нужен рейтинг. От проверки мы отмазались, перед народом мы чисты. Начнем выплаты, и через пару дней паника спадет. Надо свалить Ильина и вернуть доверие людей.

— Покушение? — спросил Иваныч.

— Покушение, — подтвердил я.

— С летальным, — сказал Иваныч, глядя мне в глаза.

Я вспомнил свою белую акулу. В первый раз после того, как она сдохла.

Дура. Наверняка она была бабой.

Я кивнул. Иваныч покачал головой.

— Своих людей не дам. А то потом начнем искать заново. Одни проверки чего стоят! Своих не дам!

— Кто?

— Не знаю. Нужен штатский кто-нибудь.

Мы помолчали.

Смешно, что Лена попросила аквариум.

— Брежнев?

Иваныч безразлично разглядывал происходящее за окном.

— Нет. Где нового возьмем?

— Кто?

— Кто-то, чье место может остаться вакантным долгое время.

Явно не Иваныч.

— Кто-то, кого будет жалко.

Действительно, Брежнев не подходит.

— Женщина. — Иваныч улыбнулся. С такой улыбкой в кино произносят фразу «шерше ля фам».

— Женщина? — переспросил я и взял ручку. Наверное, Иваныч подумал, что я буду за ним записывать.

Мы обсудили детали.

На следующее утро банк начал выплаты. Эта информация прошла по всем радиостанциям.

Я связался с Брежневым.

— Ярослав, я вот думаю — надо тебе персональную выставку организовать.

— В Кремле?

— Что — в Кремле?

— Выставку.

— А, ну конечно, в Кремле. Где же еще?

— Я думал об этом.

— А пока подготовь речь для телевидения. О том, что, несмотря на происки наших конкурентов, банк функционирует в рабочем режиме. Только без своих художественных изысков, окей?

Я повесил трубку.

Все будет отлично.

Мы исправим ситуацию. Как всегда.

— Да?

— Привет.

— Привет, Лад, куда ты пропала?

— Я в Куршевеле была.

— Да? Клево?

— Клево. Но народу немного было.

— Так еще рано.

— Но все равно... Гостиница полная. Одни русские.

— Кого встретила?

— Ленку Петрову, они развелись, кстати. Представляешь?

— Представляю. Ты Марину с Олежкой знаешь, Поповых?

— Знаю, конечно.

— Они тоже развелись. И Птицы развелись.

— Ужас.

— А чего ужасного? Все разводятся. Ты знаешь хоть кого-нибудь, кто больше пятнадцати лет вместе живет?

— Я.

— Ну, ты единственная. Больше нету.

— Марьянка.

— И чего? Во-первых, Марьянка еще пятнадцать не живет, мы в одно время с ней замуж выходили, а во-вторых, у него уже три года девка какая-то молодая. Офигительная семья?

— А Марьянка знает?

— Наверное, знает. Добрых людей же много.

— Это точно. Расскажут в подробностях.

— Да она там еще и нанимала кого-то. Не знаю, частного сыщика.

— Зачем?

— Дура. Хотела чего-то узнать. Узнала. И чего?

— Ну, знаешь. Это только потом понимаешь. А реально тяжело устоять, если есть возможность получить информацию. Мы же все мазохистки.

— Да дуры, а не мазохистки. Мы же хотим узнать, что они нам верны, а не наоборот.

— А получается наоборот.

— Ты что, тоже на этой теме?

— Ага. Не могу удержаться.

— Следишь?

— Нет, у меня свой метод. Технический прогресс.

— И что?

— Как будто ты не знаешь. Мне кажется, вся Москва только об этом и говорит.

— О чем?

— О девках Влада.

— И что ты думаешь делать?

— А что мне делать? Не разводиться же? А? Мне лет-то уже сколько!

— Слушай, у меня вторая линия. Повисишь?

— Нет, давай попозже созвонимся.

— Целую.

Приехал домой, Лады нет. Телефон отключен. А я хотел с ней поговорить. Ни о чем, просто так. Она всегда меня понимала. Раньше. И поддерживала.

Телефон отключен. У нее же есть зарядка в машине!

Заснуть невозможно. Голова работает, как вечный двигатель.

Налил себе немного виски.

Может, стоит перевести банковские активы на офшор? Пока не поздно? Нет, все будет нормально.

Не знаю, сколько я выпил виски.

Проснулся в семь утра.

С удовольствием выпил бы еще столько же.

Нельзя. Надо ехать в банк.

Водитель приедет только в девять. И охрана.

Решил не ждать.

Сел за руль, но с трудом вписался в первый же поворот.

Система Dinamic Drive — вещь.

Народ уже перекрыл подступы к банку.

Они что, здесь ночевали?

Хорошо, что я без пафоса, один, за рулем. Въехал в гараж.

Транспарантов не было.

— Народ попритих, — сообщил Иваныч, сидя в приемной на месте секретарши.

Этот точно здесь ночевал.

— Пусть сообщат, что с десяти начнем выплаты.

— Окей. Прямо сейчас отправлю кого-нибудь.

— Димка здесь?

— Пока нет.

Я позвонил ему на мобильный.

— Влад, я паркуюсь. Там народу — тьма! И какое-то телевидение, по-моему, «Си-эн-эн».

— Давай ко мне.

Войдя, Димка по привычке бросил взгляд на то место, где стоял аквариум.

— Мы начинаем выплаты. Пусть еще раз объявят по радио.

— А с «Си-эн-эн» чего делать?

— Они сами разберутся. Им сюда вообще лезть незачем.

— Так здесь и наши есть, Первый канал, по-моему.

— Договорись, пусть Брежнев выступит. Только проконтролируй, чтоб лишнего не болтал.

— Влад, он пил до утра. Не знаю, как он сейчас.

— Приводи его в чувство. Поставь капельницу. Или дай пиво. В конце концов, если он будет дерьмово выглядеть — даже хорошо. У нас же проблемы были.

— Я понял. Пойду узнаю, что с ним.

К обеду второго дня поток людей уменьшился. Очередь поредела. Транспаранты исчезли.

Люди уже раздумывали, стоит ли закрывать счета. Но еще стояли в очереди.

Банк был на грани банкротства.

Брежнев выступил с заявлением о давлении на партию сверху. О том, что нас не сломать. И не запугать! Что за обещания, данные нами избирателям, мы положим свои жизни.

Люди перестали дежурить у банка по ночам.

Паника прекратилась.

Я очень надеялся на то, что Ленины ожидания по поводу покушения оправдаются.

Нам надо вернуть авторитет. И рейтинг.

В первый раз за последнюю неделю я выехал из банка без препятствий.

И в первый раз более-менее спокойно вздохнул.

Встретился в «Паласе» с радиоведущей. Я всегда держал номер в этой гостинице. Для представительских нужд.

Иваныч считает, что мне пора поменять ее на другую. Может, «Балчуг»? Или «Метрополь»?

Лада отправилась в ночной клуб, а мне надо было расслабиться.

Радиоведущая как раз для этого подходит. Она не задает вопросов о жене, не расспрашивает о работе и ничего не просит. Пока.

Я напился.

Проснулся в семь утра. Дома.

Как я оказался дома, помню не очень хорошо. Но, наверное, не так уж сильно мне понравилась радиоведущая.

Лада устроила мне скандал.

Она пришла домой в четыре утра абсолютно пьяная.

— Где ты был вчера ночью? — кричала она, и ее голос, как всегда, если она выпьет, был выше обычного на несколько тонов.

— Я же тебе звонил, дорогая. Я остался на работе, ты же знаешь, какие сейчас у меня проблемы. Прессу читаешь?

— Ты — ничтожество! — орала Лада, держась за стул, чтобы не упасть. — Ты спал в «Паласе», с девкой!

Откуда она знает?

— Это бред. Дорогая, тебе надо отдохнуть.

— Я ненавижу тебя! Слышишь, ненавижу!

— Ты напилась, чтобы высказать мне это?

— Ты — ничтожество! Ты — ноль! Ты ни на что не способен! Ты даже не способен иметь детей! Из-за тебя у меня нет ребенка! У меня ничего нет!

— Если не считать всего, что у тебя есть.

Я выключил телевизор. Похоже, про пост Лада забыла.

Я был уверен, что скоро начнется истерика.

Она и началась.

Лада рыдала, сидя на полу.

Мне не хотелось ее успокаивать.

Чем женщина старше, тем меньше ее жалко. А может, чем больше ты ее знаешь, тем меньше ее жалко. А может, чем она тебе ближе...

Я ушел спать.

Лада заснула в гостиной. На полу.

У меня не было возможности предупредить ее о том, что мы едем на правительственный прием. В пятницу. По личному именному приглашению президента.

С утра ее уже не было в гостиной. Хорошо, а то после таких бурных сцен она обычно еще целый день агрессивная. Если учесть, что у меня целая толпа народа перед входом на работе, то скандал за завтраком — это уже слишком.

Вообще, когда я в последний раз был в отпуске? На Мальдивах, два года тому назад. С Ладой.

Это было первое апреля.

Попросил секретаршу ни с кем не соединять. Мы обсуждали с главой управы одного московского района условия сотрудничества.

Нам нужны были их голоса.

Им — контроль над маршрутными такси. Потому что маршрутные такси — это черный нал.

Они настаивали на наиболее выгодных для себя маршрутах.

— Здесь идет рейсовый автобус. Прямо от метро. — Глава был щуплый, низенький, но с отличными белыми зубами. Он водил пальцем по схеме, которую мы оба уже давно знали наизусть. — Маршрутки здесь не имеют стопроцентной востребованности.

— Хорошо. Мы увеличим интервал движения рейсовых автобусов. Например, до сорока минут. Вот вам и востребованность. Не все будут сорок минут ждать следующего автобуса, так?

— Ну, так. Тогда надо утвердить расписание.

— Просто снимем с этого маршрута несколько автобусов.

— А вот здесь новостройки, как раз неплохо организовать новые маршруты. Перекинем автобусы туда.

— Не против.

Я решил, что поеду домой. Мириться с Ладой.

Завтра нам вместе надо быть на приеме в Кремле.

Я даже купил цветы.

Продавщица просунула в окно машины несколько букетов. Я выбрал красно-белые розы. Ладе понравится.

Зита, домработница, выскользнула из прихожей, как только я открыл дверь.

В последнее время меня это стало раздражать.

Судя по тому, что в квартире темно, Лады нет.

Включил свет.

Бросил на диван цветы.

Решил, что отдам их Зите, пусть поставит в воду.

Позвал домработницу. Она появилась, пряча глаза. Может, ворует?

— Поставьте цветы, пожалуйста.

Зита исчезла с цветами, бесшумно прикрыв дверь.

Газеты были сдвинуты на край журнального столика. Поэтому я сразу заметил Ладину записку.

«Когда будет готов пентхаус, я перееду туда.

Я позвоню тебе, и мы обсудим вопрос денег. Если нет — мне наплевать.

Я забрала свои вещи. Уверена, тебе не придется скучать.

P.S. Не подумай, что это первоапрельская шутка».

Я дернул дверь гардеробной. Ладиных вещей нет. Она что, с ума сошла? Бред. Этого просто не может быть!

Вернулся в гостиную, прочел записку еще раз.

Открылась дверь, домработница принесла вазу с цветами. Я чуть не нахлобучил эту вазу ей на голову.

Кажется, она уловила мои мысли. Быстро поставила вазу на столик и выскочила из комнаты.

Я скомкал Ладину записку и швырнул ей вслед.

Наверное, кто-то что-то сказал моей жене. Меня где-то видели с кем-то. Где? И с кем?

Надо позвонить ей и все выяснить. Все ей объяснить и уладить. Бред, просто бред.

Она, наверное, отключила телефон.

Нет. Значит, будет разговаривать. Значит, хотела меня напугать. Воспитывала.

— Алло.

— Лада, дорогая, что случилось? Я пришел домой, эта записка, что тебя нет, ты забрала вещи, где ты?

— Не важно.

У нее абсолютно спокойный голос. И трезвый.

— Что значит не важно? И что вообще это значит?

— Ты отдашь мне пентхаус?

— Давай поговорим. При чем здесь пентхаус? Я отдам тебе все, что ты захочешь...

— Спасибо.

— Лада... Ты что, меня бросила?

— Да. И не звони мне.

— Где ты? Я сейчас приеду, и мы все обсудим. Я честно расскажу тебе все, что ты захочешь!

— Боюсь, что «все» я не перенесу.

— Дорогая, я не могу без тебя, если я в чем-то виноват, если я уделял тебе мало времени, но ты же знаешь, эти выборы...

— Удачи.

Она повесила трубку.

Я набрал снова. Не отвечает.

Я набрал еще раз. Отключила.

Я швырнул телефон об стенку. Он отскочил с отломанной крышкой и выпавшей батареей.

Она ушла от меня к этому своему Малышу. К этому молодому барану, который заделает ей кучу детей.

И ей нужен мой пентхаус. Чтобы они там все вместе жили большой дружной семьей.

Ваза с цветами тоже полетела в стену. Вслед за ней туда же впечатался мой кулак.

А может, она у этой своей толстухи Ларчика?

— Аллоу.

— Привет. Лада не у тебя?

— Привет. Не у меня.

— А у кого?

— Она просила не говорить.

— Ну ладно, Ларис, не занимайся ерундой. Где моя жена?

— Это, конечно, не мое дело, и ты знаешь, как я хорошо к тебе отношусь, но, Влад, честное слово, надо было раньше думать о своей жене.

— Ты еще будешь мне советы давать?

— Не кричи на меня.

— Скажи ей, чтобы она мне позвонила!

— Хорошо.

— Давай.

Я ждал десять минут.

Выпил виски прямо из бутылки.

Снова набрал Ларчику. Ее телефон отключен.

Я не могу поверить. От меня ушла жена. К какому-то Малышу.

Я найду ее.

— Иваныч? Алло, ты меня слышишь?

— Слышу. Добрый вечер.

— Лада тут выкинула... номер. В общем, собрала вещи и ушла.

Иваныч молчал.

— Найди мне ее. Срочно.

— Ладно.

— Срочно. Ты понял?

— Я понял. А как же завтрашний прием?

Еще завтрашний прием в Кремле! Надо же ей было устроить все это именно сейчас!

— Не знаю.

— Я понял.

— Ты держи меня в курсе.

— Как только будет информация, я сразу свяжусь.

— Жду.

Я открыл сейф. Она забрала все свои украшения и деньги. Денег было не так много, но ей на первое время хватит. Им хватит. Даже если я перекрою ее кредитку.

Сидят сейчас где-нибудь и строят планы на будущее.

Надо было давно уже им заняться. Если б не эти разборки в банке...

Я выпил еще виски.

У домработницы хватило мозгов не высовываться из своей комнаты. Наверное, помогала Ладе собирать вещи.

Выпил почти целую бутылку.

Позвонил Рыжей.

Сегодня все сговорились и отключили телефоны.

Лада ревновала меня к Даше.

Позвонил Даше.

Начали разговаривать, и я понял, что не хочу сейчас ни Дашу, ни Рыжую, никого.

Пригласил Дашу поехать со мной на празднование.

Повесил трубку. Понял, что это — бред.

«P.S. Не думай, что это первоапрельская шутка».

Обхохочешься в этот День смеха.

Домработница сервировала завтрак.

Я посмотрел, есть ли в холодильнике пиво. Как всегда, не оказалось.

Меня бросила жена.

Я старался об этом не думать.

Долго подбирал галстук.

Пытался вспомнить, как я уже одевался раньше. Вроде вспомнил.

Не мог выбрать ботинки. Надел те, в которых был вчера.

Иваныч ничем не обрадовал. Он поставил своих людей около домов всех Ладиных подруг. Хоть одна из них к ней приведет. Надо ждать.

Иваныч сказал, что мы должны использовать этот день. Это мероприятие. Что он понял это еще вчера, когда я сказал, что Лада со мной не поедет.

Он уже все организовал. Взял на себя смелость. У меня вчера и так проблем хватало...

Два снайпера по ходу следования в Кремль.

И хорошо, что я пригласил Дашу. Лишний «фонарь» не помешает. Якобы должна была ехать она, но опоздала. Я позвоню ей за полчаса до выезда и скажу, что уже не могу ее ждать. Правительственное мероприятие, опаздывать нельзя.

— Я не приеду, — сказала Даша.

Вот это удача! Я начал орать и уговаривать ее. Потом успокоился. Чтобы не переусердствовать.

И не уговорить ее случайно. Но она первая повесила трубку. Странно.

Открылась дверь в кабинет, вошла Лена. В дверях, безразлично нажимая кнопки телефона, словно играя в тетрис, стоял Иваныч.

— Владимир Викторович! — Лена умоляюще сложила руки. — У меня у подруги день рождения! Ну зачем я вам там нужна?

Иваныч оторвался от телефона и посмотрел на меня. Снова уткнулся в телефон.

— Лен, а кто у нас руководитель предвыборного штаба? — спросил я. — Пришли мне этого человека, мне с ним по дороге в Кремль поболтать надо.

— Я руководитель.

— Да ладно!

— Ага.

— Ну, тогда погнали?

Она кивнула.

Мы выехали ровно в два.

— Аллоу... Аллоу! Лад? Ты плачешь?

— Угу.

— Что случилось, девочка моя?

— Я не могу больше так. Ты понимаешь, я не могу! Я не выдержу! С этой сигнализацией, понимаешь, я теперь через «Цезарь-Сателлит» всегда знаю, где он находится...

— И что?

— Он все время с девками в «Паласе», Ларчик, я же не железная!

— Бедная моя.

— Я не могу больше!..

— Но ты же любишь его!

— И что? Кому это нужно? Ему наплевать на меня, он мне ни на один праздник цветок не подарил! Он все время с девками, то с этой аспиранткой, то еще с кем-нибудь! Ларчик, что мне делать?

— Не плачь, пожалуйста.

— Не могу. Не могу больше.

— Да вы еще хорошо живете. Просто у него переходный возраст, знаешь, он стареет, а их всех, когда они стареют, на молодых девок тянет.

— Ларчик, я всю жизнь ему отдала, у меня из-за него детей нет, ты думаешь, он мне благодарен?

— Конечно. Он тоже тебя любит. У вас вон секс постоянно.

— Ну и что, секс? У него не со мной одной секс.

— Ты же сама знаешь, что это важно. Мы вон с моим два раза в месяц максимум. Да и то второй раз я ору для приличия.

— Притворяешься?

— Ага.

— Ужас.

— Конечно, ужас. А что делать — дети. И вообще.

— Дети...

— Ты успокойся, Лад. У вас еще все наладится.

— Не могу я больше.

— Потерпи. Все-таки мужиков нормальных знаешь как мало.

— Да ладно.

— Конечно. Одни уроды. И все женаты. А кто не женат, тот хочет молодую.

— Не могу я.

— Хочешь, ко мне приезжай.

— Сейчас подумаю, ладно? И перезвоню.

— Ну, я тебя целую.

— Целую. Спасибо.

Я несколько часов провел в прокуратуре. Подробно рассказывал, кто знал о моем пути следования, о том, в какой я буду машине.

Я рассказал о том, что должен был ехать с женой. Но она от меня ушла накануне.

Мой адвокат предупредил прокуратуру, что эта информация не должна попасть в прессу.

Я рассказал, что пригласил своего педагога, с которым я занимался речью. Дашу. Что в последний месяц из профессиональных интересов она всюду сопровождала меня. Что она не смогла поехать и предупредила меня только за полчаса.

Что моя сотрудница Лена практически случайно оказалась в моей машине.

Меня отпустили только вечером. На улице пришлось общаться с прессой. Отвечать на вопросы по поводу моих предположений, кто подстроил покушение.

— Владимир Викторович! Кому это выгодно?

— Тем, кому мы мешаем.

— Вы не боитесь повторного покушения?

— Кто была погибшая девушка?

— Почему стреляли в вас, а не в главу партии?

— Является ли проверка банка одним из звеньев в этой цепи мер, направленных против вас?

Я пришел домой и включил телевизор. По всем каналам — про неудачное покушение.

Через три дня будут похороны Лены. Мне придется идти.

Зазвонил домашний телефон.

Все свои мобильные я отключил еще несколько часов назад.

Лада.

— Влад, ты как?

— Нормально.

— Хочешь, я приеду?

— Хочу.

Когда она приехала, я спал на диване. Она села рядом и обняла меня.

Во сне я чувствовал ее теплые руки.

Я проснулся утром, на том же диване. Моя жена спала в кресле напротив, свернувшись калачиком.

Я долго смотрел на нее. Она очень красивая.

Я больше никуда ее не отпущу.

Я сам приготовил ей яичницу. Я люблю готовить. Раньше, лет десять назад, я делал для нее на завтрак блины «креп-сюзен».

Она пила чай и улыбалась.

— Не уезжай. Пожалуйста, — попросил я.

Она молчала.

— Я люблю тебя. И всегда любил. Просто это было такое тяжелое время. Но мы его пережили. Вместе. И теперь все будет хорошо. Я обещаю тебе.

Я подошел к ней и обнял.

— Не уезжай, — шепнул я ей на ухо.

Она снова улыбнулась.

— Мне надо поехать, как минимум, за вещами.

— Не надо! Мы купим тебе все новое. Мы же начинаем новую жизнь, и ее надо начинать в новых вещах.

— Давай поедем в Париж? На пару дней?

— Давай. Только выборы пройдут, и сразу поедем, договорились?

— Договорились. — Лада вздохнула. — А если не поедем, я уйду от тебя уже навсегда. И твои девки...

Я зажал ей рот рукой.

— Никаких девок. Забудь. Я люблю тебя.

— А я улетаю в Париж.

— Чего?

— В Париж. На полдня.

— С кем?

— С женой.

— Круто.

24

Портрет Лены в черной рамке был вывешен в холле банка.

Вокруг стояли цветы.

С первых полос всех газет на меня смотрело мое собственное лицо.

Люди устраивали на улице митинги в поддержку нашей партии.

Новые члены пополнили ее ряды.

Паника по поводу закрытия счетов прекратилась.

Покушение вызвало широкий общественный резонанс. В результате мой рейтинг превзошел самые оптимистичные Ленины прогнозы.

Похоже, у нас снова появится шанс перешагнуть десятипроцентный порог на выборах.

— Почему нет Брежнева? — спросил я у Димки.

— У него депрессия.

— Пусть он примет участие в митингах. А депрессия — это даже нормально. У нас же несчастье.

Димка посмотрел на меня и отвел глаза.

— Несчастье, — повторил я.

— Да он рыдал вчера.

— Пусть только перед прессой не рыдает. А то с него станется.

Я отправил водителя домой с цветами. Велел купить самый огромный букет.

— Вся желтая пресса приписывает покушение на тебя Ильину, — сообщил Димка.

— Молодцы.

Звонили из прокуратуры.

Делились информацией о ходе следствия.

Им надо будет встретиться с Ладой и, скорее всего, с Дашей.

Иваныч сообщил мне, откуда Лада знала о моих передвижениях. Сигнализация «Цезарь-Сателлит». Тупой баран. Наверное, я при ней называл пароль. Чуть не потерял из-за этого жену.

Я позвонил Ладе:

— Что делаешь, дорогая?

— Перевариваю.

— Что конкретно?

— Твои цветы и твои блинчики.

— И как?

— Под впечатлением и того и другого.

— Это только начало.

— Ты меня пугаешь.

— Что мы делаем сегодня вечером?

— «Мы»?

— Конечно мы. К сожалению, из соображений политкорректности я не смогу пригласить тебя на ужин...

— Ничего страшного, я привыкла...

— ...в ресторан. Но я приглашаю тебя на ужин домой. Со свечами. Причем ужин я приготовлю сам. Как раньше, помнишь?

— Влад, я люблю тебя.

— И я тебя люблю.

— Я тебя больше.

— Договорились, ты — больше.

— Дурак.

— Конечно, дурак. Кто еще любит собственную жену спустя пятнадцать лет?

— У меня такое хорошее настроение...

— Тебе больше его никто не испортит.

Позвонили из издательства.

Вчера был Международный день детской книги.

Мы спонсировали отправку книг в шестьдесят детских домов по всей России.

Издательству исполняется десять лет, и они хотят провести грандиозную благотворительную акцию. С нашим участием.

Я приготовил на ужин ризотто с каракатицей. Лада сидела на кухонном столе и язвила.

Домработница каждые пять минут боязливо заглядывала в дверь.

— А на десерт? — громко интересовалась Лада. — Что я буду есть на десерт?

— Смотрела «Девять с половиной недель»? Вот такой у тебя будет десерт.

— А это не слишком жирненько?

— Для тебя, конечно, слишком, но так уж и быть.

— Ах, вот как! Для меня жирненько?

Лада прыгнула мне на спину. От неожиданности я еле удержался на ногах.

— Это для тебя жирненько!

Домработница наконец набралась смелости и зашла на кухню. Но на этом ее смелость закончилась. Она стояла посередине и растерянно молчала.

— Зита, все нормально, — сказал я, и Лада подошла к ней поближе, чтобы подхватить ее в случае неожиданного обморока.

— Спасибо, — пролепетала Зита.

— Мы готовим ризотто, а вы потом обязательно его попробуйте, — улыбнулась Лада.

Зита недоверчиво покосилась на сковородку.

— Вкусно, вкусно, — пообещал я. — Может, конечно, не так вкусно, как вы готовите, но тоже ничего.

— Так я не нужна? — уточнила Зита.

— Не нужна, не нужна. Мы сами. — Лада обняла меня, как только за домработницей закрылась дверь.

Мы целовались, а я в это время правой рукой помешивал морепродукты на сковородке. А Лада правой рукой расстегивала мой ремень. Потому что левой она доставала рис из шкафчика.

Снег уже давно сошел, кое-где появилась трава, и под первыми лучами весеннего солнца даже уже начали распускаться цветы.

Перезвон колоколов на Ваганьковском кладбище объединял прошлое с настоящим. А настоящее с вечным. И пока колокола не смолкли, вечное казалось единственно ценным.

На похоронах Ленин папа поклялся найти убийцу. И отомстить.

Огромные столетние сосны тянулись к небу так же, как наши глаза и, скорее всего, наши души.

Я бросил на дно могилы горсть свежей земли. Как и все остальные.

В храме я зажег свечу и долго смотрел на пламя. Оно дергалось, будто в агонии. Говорят, что свеча — это немая молитва. Моя свеча кричала. А может быть, просто был сквозняк.

Позвонила Лада. Сообщила, что ее подруга, которая живет в Париже, родила. Двойню. И хочет, чтобы Лада стала крестной. Нас приглашают на крестины.

— Дорогой! Представляешь, как здорово! А ты будешь крестным! Это будут самые настоящие наши крестные дети! И мы будем о них заботиться!

— А когда крестины? — Я был в Думе, приехал проверить, как идет ремонт в моем будущем кабинете. Пока только меняли пол.

— Послезавтра. Такая спешка потому, что Мишель слегка приболел, и они хотят быстро их окрестить. Так батюшка посоветовал. Скажи, какое очаровательное имя — Мишель?

Я никак не мог полететь в Париж.

— Очаровательное.

— А малышку зовут Жанной. Я позвоню секретарше, скажу, чтобы она занялась билетами?

— Лад...

— Что?

— Я не уверен, что смогу полететь...

— Не уверен? — переспросила Лада, и я понял, что она сейчас расплачется.

— Ты же знаешь, у меня работа...

— Да, знаю. Ладно. Я скажу, чтобы она поискала другого крестного отца.

Лада повесила трубку.

Почему всегда все так не вовремя происходит?

Я набрал Ладу:

— Лад, давай знаешь как сделаем?

— Как? — Она делала вид, что не плачет.

— Улетим завтра ночным рейсом, утром там, крестины же утром?

— Утром.

— А потом я вернусь в Москву, а ты, если хочешь, останешься еще на пару дней.

— Хочу. Я хочу побыть с детьми.

— Ну и отлично.

— Я люблю тебя. Как здорово! — Я даже убрал трубку от уха, чтобы не оглохнуть.

— И я тебя.

Зашел Димка и удивленно уставился на мою улыбающуюся физиономию.

— Я отменил поездку в горы. Жена орала — ужас.

— А я улетаю в Париж.

— Чего?

— В Париж. Да ладно тебе. На полдня.

— С кем?

— С женой.

— Круто.

Лада боится летать. Она начинает пить шампанское еще до взлета. И хватать меня за руку. И заглядывать в глаза стюардессе. И шептать какую-то специальную молитву.

— Во всей этой истории хорошо только одно, — сказала она, когда самолет стал набирать высоту.

— Что?

— Если мы умрем, то вместе.

«Боинг-747» разрывал облака, как щенок игрушку. Лада крепко держала меня за руку, и мне было приятно, что она рядом и, если ей страшно, так же ищет мою руку, как и пятнадцать лет назад.

Париж встретил нас летней погодой, мы поселились в Costes, гуляли по Елисеевским, в церкви Сен Сюльпис мы держали на руках улыбающихся двойняшек, и колокола в Париже звонили не так, как в Москве: под этот звон хотелось любить, смеяться и жить.

Лада провожала меня в Шарль де Голль, и мы целовались у трапа, не боясь ни взглядов, ни папарацци.

Из Шереметьево я поехал в банк, занимался делами и каждый час звонил Ладе. Она уже скупила все игрушки в Париже и теперь собиралась перейти на одежду.

В «Палас-отеле» я встретился с Дашей. Она, конечно, была под впечатлением покушения.

Мне надо было предупредить ее о том, что ее, возможно, будут вызывать в прокуратуру. Чтобы она не боялась и не говорила ничего лишнего.

Она смотрела на меня влюбленными глазами.

Мне казалось, что я не видел ее несколько лет.

Мы остались в гостинице на ночь.

Ее уже не смущала близость проституток.

К Ладиному приезду я распорядился украсить всю квартиру цветами.

И дал себе слово — как только пройдут выборы, куплю Ладе все, что она захочет. Даже автомобильные диски с бриллиантами.

·f Финал

Если бы события, как люди, заполняли анкеты, мы бы точно могли знать их даты и место рождения... Тогда проще было бы... делать из них выводы, извлекать уроки, не допускать трагических повторений.

Юрий Корольков. Кио Ку Мицу!
(Совершенно секретно — при опасности сжечь)

Из-за стены все устремились бы толпами за столь прекрасной смертью, если б мы жили только ради этой мерзости.

Фернандо Аррабаль.
Необычайный крестовый поход
влюбленного кастрата

Это был День мелиоратора.

Я, конечно же, взяла календарь с собой в Лондон.

Хотя, если честно, в Лондоне мне было хорошо и без праздников.

Но когда я скучала по Москве, я открывала календарь. И вырывала страничку.

Я представляла себе, как такую же страничку отрывает Рита. И говорит маленькому Мише:

— Сегодня — День мелиоратора. Запомнил?

И дает ему на завтрак банан.

А маленький Миша подходит к Терминатору и говорит:

— Сегодня — День мелиоратора.

Но это очень сложные слова, и Миша произносит их нечетко. Поэтому Терминатор не очень понимает, что он имеет в виду, но все равно улыбается.

Я иногда разговариваю с Мишей по телефону. Он уже почти не заикается.

Интересно, а КБУ теперь тоже в курсе всех праздников?

Рита ходит на курсы вождения. КБУ хочет купить ей машину.

Она молодец. Работу не бросает. Говорит, что женщина должна быть самостоятельной.

Правда, жалуется, что ее зарплаты не всегда даже на сапоги хватает.

Я пила кофе в огромном молле в центре Лондона.

Я часто здесь бываю. Близко к работе. И очень вкусные пирожные. Я не знаю места в Москве, где были бы такие же вкусные пирожные.

Молодой человек с татуировкой на шее строит мне глазки.

Причем уже не в первый раз.

Симпатичный. Но я бы предпочла не эти рваные джинсы, а костюм, как любит носить Влад. И не татуировку и патлы, а аккуратную стрижку. Как у Влада.

И не надо мне строить глазки. Все должно происходить как будто само собой. Сразу.

Рита прислала мне sms.

Надо же, а я только недавно о ней думала.

«Срочно свяжись со мной».

Срочно? У меня разряжена батарея.

Наверное, можно перезвонить ей через полчаса, когда я подзаряжу телефон.

Я отправила sms:

«Через полчаса».

Через минуту Рита перезвонила мне сама.

— Рит, что случилось? У меня сейчас телефон отключится!

— Даша, быстро! Слушай меня внимательно! Эта история с Владом. Ленин папа занимался расследованием. — Рита так тараторила, что я с трудом понимала, что она говорит. — Даша, у него в машине бомба. Костя работает на ее отца. Это покушение было подстроено. Это ты должна была быть на ее месте, ты слышишь?

— Я? У кого бомба?

— У Влада в машине бомба! Ты понимаешь? Я решила сказать тебе. Он хотел тебя убить. — Телефон предупреждающе пикнул уже два раза. — Ее отец выяснил все это...

Рита пропала. Телефон молчал.

У Влада в машине бомба.

Мой телефон. Я трясла его в руке, как будто это может помочь.

Я кинулась к выходу. Где-то должны быть телефоны-автоматы.

Девушка в форменной одежде. Я прошу у нее помощи. Мне срочно нужно сделать международный звонок.

Мобильный телефон Влада выпуклыми цифрами высветился у меня в голове. Я физически чувствовала каждую из них. Как будто устанавливала собственную связь.

Девушка профессионально улыбнулась. Мне хотелось на нее закричать. Она показалась мне неживой. А если на нее закричать, она испугается и перестанет улыбаться. И поймет, что мне нужна помощь.

Влад, прошу тебя, умоляю, пожалуйста, не садись в машину.

Я обежала весь молл, снова оказалась в кафе. Схватила свою сумку. Может быть, я успею, если позвоню из офиса.

— Вам помочь? — Я даже не сразу поняла, что обращаются ко мне.

Парень с татуировкой.

— Телефон! — закричала я. — Вы можете дать мне телефон?

— Пожалуйста. Звоните. У вас все в порядке?

Он протягивает мне телефон.

Я буквально вырываю его из рук.

Парень доброжелательно улыбается.

Я молча смотрю на телефон в своей руке.

— Вы знаете номер?

Прошло несколько минут. Или мне показалось?

Я улыбнулась в ответ. Покачала головой.

— Все нормально. Возьмите телефон.

Парень вытащил из маленькой вазочки сиреневый цветок.

— Я бы хотел подарить вам огромный букет.

— Спасибо. Но я не люблю цветы.

Оксана Робски

Про любоff/on

Ответственный редактор М. А. ЯНУШКЕВИЧ
Технический редактор А. Т. ДОБРЫНИНА
Корректор Л. А. ЛАЗАРЕВА

Подписано к печати 01.12.05.
Формат 84x90 ^{1}/32. Бумага офс. Печать офсетная.
Гарнитура Баскервиль. Усл. печ. л. 14,0.
Тираж 100 000 экз. Зак. № 2331.

ЗАО «РОСМЭН-ПРЕСС».
Почтовый адрес:
125124, Москва, а/я 62. Тел.: (095) 933-71-30.
Юридический адрес:
129301, Москва, ул. Бориса Галушкина, д. 23, стр. 1.

*Наши клиенты и оптовые покупатели
могут оформить заказ, получить
опережающую информацию о планах выхода изданий
и перспективных проектах в Интернете по адресу:*
www.rosman.ru

ОТДЕЛ ОПТОВЫХ ПРОДАЖ:
все города России, СНГ: (095) 933-70-73;
Москва и Московская область: (095) 933-70-75.

Отпечатано в полном соответствии с качеством
предоставленных диапозитивов в ОАО "Тульская типография".
300600, г. Тула, пр. Ленина,109 .

Робски О.

Р58   Про любоff/on. — М.: ЗАО «РОСМЭН-
ПРЕСС», 2005. — 320 с.

ПРО ЛЮБОFF/ON – третья книга Оксаны
Робски, автора скандального бестселлера «Casual»
и провокационного «День счастья — завтра».

Лаконичный роман о жизни, в которой праздник — строчка в отрывном календаре, количество
любви не переходит в качество, а две половины не
равны целому: ей некогда любить себя, ему некогда
любить других.

ISBN 5-353-02261-0   УДК 821.161.1-311.1
                            ББК 84(2Рос=Рус)6-44